O tenente Gustl

OBRAS DO AUTOR PUBLICADAS PELA EDITORA RECORD

Crônica de uma vida de mulher
O médico das termas
O caminho para a liberdade
O tenente Gustl

AS GRANDES OBRAS DE

ARTHUR SCHNITZLER

ORGANIZAÇÃO E TRADUÇÃO DE **MARCELO BACKES**

O tenente Gustl

EDITORA RECORD
RIO DE JANEIRO • SÃO PAULO
2012

CIP-Brasil. Catalogação na fonte
Sindicato Nacional dos Editores de Livros, RJ

Schnitzler, Arthur, 1862-1931
S387t O tenente Gustl: novela / Arthur Schnitzler; organização e tradução de Marcelo Backes. – Rio de Janeiro: Record, 2012.
(As grandes obras de Arthur Schnitzler)

Tradução de Leutnant Gustl
ISBN 978-85-01-09080-5

1. Novela austríaca. I. Backes, Marcelo, 1973-. II. Título. III. Série.

12-0767 CDD – 833
CDU – 821.112.2-3

Título original em alemão:
LEUTNANT GUSTL

Projeto gráfico da coleção: Estúdio Insólito

Imagem de capa: Ron Bouwhuis/Getty Images

Editoração eletrônica: FA Editoração

Texto revisado segundo o novo Acordo Ortográfico da Língua Portuguesa.

Direitos exclusivos de publicação em língua portuguesa para o Brasil adquiridos pela
EDITORA RECORD LTDA.
Rua Argentina, 171 – Rio de Janeiro, RJ – 20921-380 – Tel.: 2585-2000,
que se reserva a propriedade literária desta tradução

Impresso no Brasil

ISBN 978-85-01-09080-5

QUANTO TEMPO AINDA isso vai durar? Preciso olhar o relógio... Provavelmente não seja muito adequado fazê-lo num concerto assim tão sério. Mas por acaso alguém está vendo alguma coisa? Se alguém enxergar, estará prestando tão pouca atenção quanto eu, e diante dele não precisarei sentir a menor vergonha... Apenas quinze para as dez?... Tenho a impressão de já estar sentado há três horas nesse concerto. É que não estou acostumado a essas coisas... Mas do que se trata, afinal de contas? Vou precisar dar uma olhada no folheto da programação... Sim, isso mesmo: um oratório! Quer dizer: uma missa! No fundo essas coisas deveriam ser apresentadas apenas na igreja! E a igreja ainda tem a vantagem de permitir que saiamos quando quisermos...

Se eu pelo menos tivesse um assento na ponta de uma fila!... Portanto, paciência, paciência! Também os oratórios chegam ao fim! Talvez ele até seja bom, e eu apenas não esteja no humor adequado. Mas e de onde o humor adequado poderia vir? Quando penso que vim aqui para me distrair... Teria sido melhor dar o bilhete de presente ao Benedek, ele se diverte com coisas assim; claro, até toca violino. Mas nesse caso o Kopetzky poderia ficar ofendido. Foi muito amável da parte dele me dar o bilhete, pelo menos a intenção foi boa. Um sujeito correto, o Kopetzky! O único no qual se pode confiar... Sua irmã, aliás, está cantando com o pessoal ali em cima. Pelo menos cem virgens, todas vestidas de preto; como poderei encontrá-la no meio de todas elas? E só porque a irmã dele canta é que ele conseguiu o bilhete, o Kopetzky... Mas por que será que ele não foi, ele mesmo?... Aliás, é preciso dizer que todas cantam muito bem. É bem sublime — com certeza! Bravo! Bravo!... Sim, vamos aplaudir juntos. O homem ao meu lado está batendo palmas como um doido. Será que ele gostou mesmo tanto assim?...

A mocinha lá longe, no camarote, é bem bonita. Por acaso ela está olhando pra mim ou para o senhor de barba cerrada e loura, ali adiante?... Ah, um solo! Mas quem é? Contralto: Senhorita Walker... Soprano: Senhorita Michalek... Isso provavelmente seja soprano... Faz muito tempo que não vou à ópera. Na ópera, sempre me divirto muito, mesmo quando ela é entediante. Depois de amanhã, eu poderia voltar e ver a *Traviata*. Sim, mas depois de amanhã eu talvez já seja um cadáver, sem vida! Ah, absurdo, nem eu mesmo acredito nisso! Mas espere, senhor doutor, o senhor haverá de se arrepender de fazer esse tipo de comentário! Vou fazê-lo baixar essa crista toda...

Se eu pelo menos pudesse ver melhor a mocinha do camarote! Até pediria emprestado o binóculo do homem que se encontra a meu lado, mas ele vai me devorar vivo se eu atrapalhá-lo em sua devoção... Mas em que lugar está parada a irmã do Kopetzky? Será que eu seria capaz de reconhecê-la? Na verdade, só a vi umas duas ou três vezes, a última delas no cassino dos oficiais... Será que são apenas mocinhas decentes, todas as cem? Ora, ora!... "Com a colaboração da Associação de Canto"!...

Associação de Canto... engraçado! Na verdade, sempre imaginei que essa associação fosse algo parecido com as Coristas Vienenses, quer dizer, eu sabia que era diferente!... Belas recordações! Junto ao restaurante Grünes Tor, na época... Como era mesmo o nome dela? E depois ela ainda me mandou um cartão-postal de Belgrado... Que aliás também é uma região muito bonita!... Mas quem está passando bem é o Kopetzky, que agora já deve estar sentado há tempo no restaurante, fumando seus Virginia!...

Por que será que aquele sujeito ali está me olhando desse jeito? Parece até que ele percebeu que estou me entediando e não tenho nada a ver com isso aqui... Eu gostaria de lhe aconselhar a fazer uma carinha menos descarada, do contrário vou tomar satisfações com o senhor no foyer mais tarde!... E ele já desviou os olhos!... Engraçado, todos terem tanto medo assim do meu olhar... "Tu tens os olhos mais bonitos que eu já vi!", conforme disse a Steffi ainda há alguns dias... Oh, Steffi, Steffi, Steffi!... No fundo é a Steffi a culpada por eu estar sentado aqui e ter de ficar me lamentando assim durante horas...

Ah, essas eternas recusas da Steffi já estão realmente me dando nos nervos! Como a noite de hoje poderia ter sido bonita! Eu teria muita vontade de ler a cartinha da Steffi. Ora, mas aqui está ela. No entanto, se eu tirar a carteira do bolso o sujeito aí do lado me devora vivo!... Mas eu sei o que está escrito nela... Ela não pôde vir, porque precisa sair pra jantar com "ele"... Ah, até que foi bem engraçado, há uma semana, quando ela estava com ele na Sociedade de Jardinagem, e eu sentado na frente do Kopetzky; e ela sempre me fazendo os sinais com os olhinhos, conforme havíamos combinado. Ele nada percebeu — inacreditável! Deve ser um judeu, aliás! Por certo é empregado de algum banco, e o bigode negro... Dizem que também é tenente da reserva! Ora, ele não faria bem em ir ao meu regimento pra treinar armas! O que não dá pra entender é por que ainda deixam tantos judeus virarem oficiais... Eu não estou nem aí pra todo esse antissemitismo! Ainda há pouco, na festinha em que aconteceu a história com o doutor, na casa dos Mannheimer... Aliás, dizem que os Mannheimer também são judeus, batizados, naturalmente... Mas não é possível perceber nada neles... Sobretudo na mulher... Tão loura, um perfil dos mais bonitos... Foi tudo muito divertido, afinal de contas. Uma comida fabulosa, charutos extraordinários... Pois é, quem é dono do dinheiro?...

Bravo, bravo! Agora já deve estar terminando, ou?... Sim, todo o pessoal ali ao fundo já está se levantando... É tudo muito bonito... Imponente!... Também há um órgão?... Gosto muito do som do órgão... Pois bem, isso eu ainda posso aguentar... Muito bonito! É realmente verdade que se deveria ir aos concertos com mais frequência... Foi maravilhoso, é o que vou dizer a Kopetzky... Será que ainda vou encontrá-lo no café hoje?... Ah, não estou com a menor vontade de ir ao café; me incomodei um bocado ontem! 160 florins perdidos numa única rodada — uma burrice e tanto! E quem foi que ganhou tudo? O Ballert, justamente ele, que não tem a menor necessidade... No fundo é Ballert o culpado por eu ter ido a esse concerto bobo... Pois é, não fosse assim eu poderia ter jogado hoje de novo, e talvez recuperado um pouco do que perdi, afinal de contas. Mas acho que no fundo até foi bom eu ter dado a mim mesmo a palavra de honra de não tocar num baralho por pelo menos um mês... Mamãe com certeza vai fazer de novo uma cara daquelas quando receber minha carta!... Ah, que ela vá pedir ao titio, ele tem dinheiro a não poder mais; não será por causa de algumas centenas de florins. Se eu pelo menos conseguisse que ele me pagasse um sustento regular... Mas não, é preciso mendigar sempre de novo a cada cruzado. E ouvi-lo dizer mais uma vez: no ano passado a colheita foi ruim!...

Será que não seria bom eu viajar de novo até a casa do meu tio por duas semanas este ano, no verão? No fundo, tudo por lá é entediante de morrer... Se pelo menos a... Como era mesmo o nome dela? É estranho, parece que não consigo me lembrar de nenhum nome!... Ah, sim: Etelka!... Ela não entendia uma palavra sequer de alemão, mas isso também não era necessário... Não precisei dizer nada mesmo!... Sim, vai ser muito bom, catorze dias de ares campestres e catorze noites de Etelka ou com alguma outra... Mas sete dias eu também deveria passar com papai e com mamãe... O aspecto dela não estava nada bom este ano, no Natal... Pois é, mas agora a humilhação já deve estar superada. Eu, no lugar dela, teria ficado contente por papai se aposentar...

E a Klara ainda haverá de arranjar um marido... Titio vai ter de abrir a mão um pouquinho... 28 anos, ela nem é tão velha assim... A Steffi com certeza não é mais nova... Mas é estranho: as ordinárias parecem envelhecer bem menos. É só pensar um pouco: por exemplo a Maretti, em *Madame Sans-Gêne* — ela com certeza já tem 37 anos, mas parece ter bem menos... Ora, eu não teria dito não!... É uma pena ela não ter me perguntado...

Está esquentando! Será que ainda não vai terminar? Ah, me alegro tanto com o ar fresco, lá fora! Vou passear um pouco, pelo Anel Viário... Hoje a ordem é: ir cedo para a cama para estar recuperado amanhã à tarde! É engraçado como penso pouco nisso; como isso quase não me importa! Na primeira vez, ainda fiquei um pouco agitado. Não que eu tivesse medo; mas cheguei a ficar nervoso na noite anterior... Pois é, mas o primeiro-tenente Bisanz era um inimigo complicado... E, ainda assim, nada me aconteceu!... Também já faz um ano e meio. Como o tempo passa! E se o Bisanz não conseguiu me atingir, não será o doutor que representará um perigo para mim! Embora justamente esses esgrimistas sem experiência sejam os mais perigosos, às vezes. O Dorschintzky me contou que um sujeito que pela primeira vez pegava um sabre nas mãos por um fio de cabelo o teria golpeado mortalmente; e o Dorschintzky hoje é professor de esgrima nas forças militares... Pois é... Mas não sei se ele já era tão bom assim na época... A coisa mais importante é: sangue-frio. Nem sequer sinto mais em mim uma cólera verdadeira, e mesmo assim foi uma insolência e tanto — inacreditável! Ele com certeza não teria se atrevido, caso não tivesse bebido champanhe antes... Uma insolência e tanto! Com certeza deve ser socialista! Os deturpadores da lei hoje em dia são todos socialistas! Uma corja... Acho que todos eles prefeririam acabar com os militares logo de uma vez; mas quem iria ajudá-los quando os chineses os atacarem? Nisso eles não pensam. Imbecis, imbecivis!...

De vez em quando, é preciso dar um exemplo. Eu tinha toda a razão. Estou feliz por não ter deixado por menos, depois da observação que ele fez. Quando penso nisso, logo fico furioso de novo! Mas eu me comportei de maneira fabulosa;

o coronel também diz que agi com absoluta correção. A coisa toda ainda vai acabar me ajudando um bocado. Conheço uns e outros que gostariam de dar um jeito no rapaz. O Müller com certeza mais uma vez teria sido objetivo, ou algo assim. E com a objetividade todo mundo se deu mal até agora... "Senhor tenente!"... Já o jeito que ele disse "senhor tenente" foi desavergonhado!... "O senhor haverá de concordar comigo"... Como foi que chegamos a esse ponto? Por que foi que me meti a conversar com o socialista? Como foi que tudo começou, afinal de contas?... Parece-me que a mulher de preto que eu conduzi até o bufê também esteve presente... E depois havia ainda aquele rapaz que pinta os quadros de caça... Como é mesmo o nome dele? Ora, por favor, ele foi o culpado de toda essa história! Falou das manobras; e foi só então que aquele doutor se aproximou e disse alguma coisa que não me agradou, sobre brincadeiras de guerra ou algo assim... Mas até então eu ainda não havia podido dizer nada... Sim, e logo depois falaram das escolas de cadetes... Sim, foi assim... E eu falei de uma festa patriótica... E então o doutor disse — não logo, mas o ponto de partida foi a festa —: "Senhor tenente, o senhor haverá de concordar comigo que nem todos os seus camaradas se dispuseram a prestar o serviço militar exclusivamente para defender a pátria!" Uma insolência e tanto! E um homem desses ousa dizer uma coisa assim na cara de um oficial! Se eu pelo menos pudesse me lembrar o que foi que respondi... Ah, sim, algo sobre pessoas que se metem em assuntos dos quais não entendem absolutamente nada... Sim, isso mesmo... E então havia alguém que ainda quis botar panos quentes na situação, um senhor de mais idade, resfriado e com dificuldades de respiração... Mas eu estava com raiva demais! O doutor disse isso no tom exato para eu entender que ele se referia diretamente a mim. Só faltava ele ainda ter dito que eu fui expulso do ginásio, e que só por isso me mandaram à escola de cadetes... O que posso fazer se as pessoas não conseguem nos entender, se são idiotas demais para tanto... Quando me lembro da primeira vez em que usei o casaco de militar, não é todo mundo que tem um privilégio desses... Ano passado, nas manobras — eu teria gostado muito se as coisas tivessem ficado mais sérias de repente... E o Mirovic me disse que ele sentiu o mesmo. E então, quando sua Alteza examinou as tropas do alto de seu cavalo, e depois o discurso do coronel... Ora, já é preciso ser um vagabundo dos mais ordinários para que o coração da gente não bata mais alto... E então vem um molusco de escritório desses, que nada fez durante a vida inteira a não ser meter a cabeça nos livros, e se permite uma observação de tal modo insolente!... Ah, mas espere só, meu caro... Vamos até que alguém seja posto fora de combate... Isso mesmo, serás posto de tal modo fora de combate que...

Sim, o que é, então? Agora a coisa deve estar acabando de uma vez por todas... "Vós, seus anjos, louvai o senhor"... Com certeza, esse é o coro final... Maravilha, não há como se queixar. Uma maravilha!... Mas agora acabei esquecendo completamente da mocinha do camarote, que até antes estava me provocando. Onde será que ela está?... Já deve ter ido... Aquela outra também parece ser bem agradável... Uma burrice não ter trazido meu binóculo! O Brunnthaler é que está certo, deixa o seu sempre à disposição no balcão do Café, aí não há como algo dar errado...

Se a pequena ali na minha frente se virasse pelo menos *uma* vez! Está ali sentada, tão comportadinha. Aquela que está a seu lado deve ser sua mãe... Será que eu não deveria mesmo pensar a sério em casamento, algum dia? O Willy não era mais velho do que eu quando foi fisgado. Tenho de confessar que há algo interessante em ter sempre uma mulherzinha bonita de reserva em casa... Pena que a Steffi não tenha tido tempo, e justo hoje! Se eu pelo menos soubesse onde ela está, iria me sentar de novo numa mesa perto dela. Seria uma bela de uma história. Quando o outro estivesse prestes a chegar nela, *eu* é que a agarraria... Mas quando penso em quanto custa ao Fliess sua relação com a Winterfeld! E isso que ela o trai sem o menor pudor. A história ainda vai acabar de um jeito terrível... Bravo, bravo! Ah, terminou!... Pois é, faz bem poder levantar, se mexer... Ora, quem sabe! Quanto tempo esse daí ainda vai precisar pra enfiar seu binóculo no estojo?...

"Perdão, perdão, mas o senhor não vai querer me deixar sair?"...

Que empurra-empurra! Melhor deixar todo mundo passar... Pessoinha elegante... Será que são brilhantes de verdade?... Aquela ali é bem interessante... Como ela olha pra mim!... Oh, sim, minha senhorita, eu gostaria muito!... Oh, o nariz!... É judia... Mais uma... Mas é mesmo incrível, a metade aqui é judeu... Não é mais possível nem sequer ver um oratório em paz.... Pois bem, agora vamos seguir em frente... Por que esse idiota fica empurrando, atrás de mim? Vou desacostumá-lo logo disso... Ah, um senhor de mais idade!... Mas quem é que está me cumprimentando lá adiante?... Muito prazer, muito prazer! Não tenho a menor ideia de quem seja... O mais simples seria eu ir logo até o Leidinger para jantar... Ou será que seria melhor ir até a Sociedade de Jardinagem? Quem sabe se a Steffi também não está por lá? Por que será que ela não me escreveu para dizer aonde iria com ele? Vai ver que ela mesma ainda não sabia. No fundo é terrível, uma vida assim tão dependente.... Pobre criatura!... Pois é, aí está a saída... Ah, mas aquela ali é muito bonita! E completamente sozinha? Como ela ri pra mim. Isso seria uma ideia, vou segui-la!... Sim, e agora descer as escadarias... Oh, um major do 95º... Ele agradeceu com muita amabilidade... Não devo ter sido o único oficial ali dentro... Mas onde está aquela mocinha tão bonita? Ah, lá... Parada junto ao corrimão... Pois é, agora só falta ir ao vestíbulo... Tomara que a pequena não me escape... Ora, ora, peguei! Uma nojentinha miserável dessas! Se deixa levar por um homem e agora ainda ri pra mim!... Realmente, nenhuma delas vale alguma coisa... Meu Deus, que empurra-empurra no vestíbulo!... Acho que é melhor esperarmos um pouquinho... Isso! Por que o imbecil não pega a minha ficha?...

"Ei, o senhor aí, 224! Lá está ele! Ora, mas o senhor é cego? Lá está ele, pendurado! Ora, graças a Deus!... Era isso, então!"... O gordo ali quase ocupa o vestíbulo inteiro sem dar espaço pra mais ninguém... "Por favor!"...

"'Paciência, paciência!'"

O que o sujeito está dizendo?

"'Só um pouquinho! Um pouquinho de paciência!'"

Vou ser obrigado a responder a ele... "O senhor poderia dar licença!"

"'Ora, mas a vez de todo mundo vai chegar!'"

O que foi que ele disse? Será que foi a mim que se dirigiu? Ora, mas isso foi um pouco longe demais! Não vou aceitar que ele me trate assim! "Silêncio!"

"'O que o senhor está querendo dizer?'"

Ah, e um tom desses! Pra mim, foi a gota d'água!

"'Não empurre desse jeito!'"

"O senhor agora cale a boca!" Eu não deveria ter dito isso, fui rude demais... Mas agora já foi!

"'O que foi que eu ouvi, senhor?'"

Agora ele vai se virar... Mas eu o conheço!... Raios e trovões, é o dono da padaria, que vai sempre ao café... Mas o que ele está fazendo por aqui? Com certeza também tem uma filha ou algo assim na academia de canto... Sim, mas o que é isso? Sim, o que ele está fazendo? Até me parece que... Sim, por minha alma, ele está segurando o cabo do meu sabre... Sim, será que o sujeito enlouqueceu?... "Ei, o senhor..."

"'O senhor, senhor tenente, fique bem calminho agora.'"

Mas o que ele está dizendo? Pelo amor de Deus, será que alguém ouviu? Não, ele está falando em voz baixa... Sim, mas por que ele não tira a mão do meu sabre?... Meu Deus do céu, mais uma vez... Ah, só me resta mostrar minha fúria... Não consigo tirar sua mão do cabo... Só não posso me permitir um escândalo agora!... Será que ainda por cima não é o major que está atrás de mim?... Tomara que ninguém perceba que ele está com a mão no cabo do meu sabre! E além do mais ele está falando comigo! Mas o que ele está dizendo?

"'Senhor tenente, se o senhor fizer o menor barulho, eu arranco seu sabre da bainha, quebro-o, e mando os pedaços ao comando de seu regimento. O senhor está me entendendo, seu garoto bobo?'"

O que foi que ele disse? Será que estou sonhando! Ele está mesmo falando comigo? Eu deveria responder alguma coisa... Mas o sujeito parece estar levando a coisa a sério... Ele realmente vai puxar o sabre... Deus do céu — ele vai puxá-lo!... Estou sentindo, ele já está fazendo força! Mas o que ele está dizendo?... Pelo amor de Deus, só não posso me permitir um escândalo... Mas o que ele continua dizendo?

"'No entanto eu não quero estragar sua carreira... Por isso é bom se comportar!... Isso mesmo, não precisa ter medo, ninguém ouviu absolutamente nada... Tudo vai ficar bem... Isso! E para que ninguém acredite que brigamos, vou ser bem amável com o senhor agora!... Muito prazer, senhor tenente, fico feliz em vê-lo... Muito prazer!'"

Pelo amor de Deus, será que eu sonhei?... Ele realmente disse o que disse?... Mas onde ele está?... Ali vai ele... Eu deveria puxar o sabre e acabar com ele... Pelo amor de Deus, espero que ninguém tenha ouvido o que ele disse... Não, ele falou bem baixinho, no meu ouvido... Mas por que não vou até ele e lhe parto a cabeça em duas?... Não, não dá, não dá... Eu deveria ter feito isso logo... Mas por que foi que não o fiz logo?... Também não tive chance... Ele não tirou a mão do cabo, e é dez vezes mais forte do que eu... Se eu tivesse dito mais uma palavra, ele realmente teria quebrado meu sabre... Na verdade tenho de me contentar por ele não ter dito tudo em voz alta! Se alguém tivesse ouvido algo, eu seria obrigado a me matar com um tiro imediatamente... Mas talvez tudo não tenha passado de um sonho, na verdade...

Por que será que aquele homem junto à coluna está me olhando assim?... Será que ele acabou ouvindo alguma coisa?... Vou perguntar a ele... Perguntar?... Devo estar enlouquecendo!... Que cara estou fazendo?... Será que se percebe alguma coisa em mim?... Devo estar bem pálido... Onde será que o cachorro se meteu?... Preciso acabar com ele!... Se foi... E tudo já está vazio, aqui... Mas onde é que ficou meu sobretudo?... Ora, já o estou usando... E nem sequer percebi alguma coisa...

Quem foi que me ajudou?... Ah, aquele ali... Preciso dar uma moedinha a ele... Muito bem!...

Mas o que foi isso? Será que tudo realmente aconteceu? Será que realmente alguém falou comigo assim? Alguém realmente me chamou de "garoto bobo"? E eu não acabei com ele na mesma hora?... Mas também não tive chance... A mão dele parecia ser de ferro... Fiquei parado ali como se estivesse pregado ao chão... Não, eu devo ter perdido o juízo, do contrário teria usado a outra mão para... Mas nesse caso ele puxaria meu sabre e o quebraria, e isso seria o fim... Tudo estaria acabado! E, depois, quando ele foi embora, já era tarde demais... Eu não poderia ter enfiado o sabre nele pelas costas...

O quê, já estou na rua? Como foi que consegui sair de lá?... Está tão fresquinho aqui fora... Ah, o vento, como ele é bom... Mas quem são aqueles ali adiante? Por que estão olhando pra mim? Será que eles ouviram alguma coisa, afinal de contas?... Não, ninguém pode ter ouvido nada... Sei muito bem disso, logo depois olhei em volta para ver se alguém tinha ouvido algo! Ninguém estava se ocupando de mim, ninguém ouviu nada, absolutamente nada... Mas que ele disse, lá isso disse, mesmo que ninguém tenha ouvido; sim, ele o disse. E eu fiquei parado ali, e ouvi tudo de bico calado, como se alguém tivesse me dado um soco na cara!... Mas também não tive a chance de dizer alguma coisa, de fazer alguma coisa; a única coisa que me restou foi ficar bem quietinho, ficar bem quietinho!... É terrível, não dá pra aguentar; preciso acabar com ele, onde quer que o encontre!... Se atreve a me dizer uma coisa dessas! Um sujeito desses, um cachorro desses, me diz uma coisa dessas! E ele me conhece... Meu Deus do céu, ele ainda por cima me conhece, e sabe quem eu sou!... Ele pode contar a todo mundo o que me disse!... Não, não, ele não vai fazer isso, do contrário não teria falado tão baixinho... No fundo, ele quis que só eu ouvisse!... Mas quem pode me garantir que ele não vai contar tudo, hoje ou amanhã, a sua mulher, a sua filha, a seus conhecidos no café?... Pelo amor de Deus, amanhã já vou vê-lo de novo!! Quando eu chegar ao café, amanhã, ele já estará sentado por lá, como todos os dias, jogando seu tarocco com o senhor Schlesinger e com o negociante de flores artificiais.... Não, não, não pode ser, não pode ser... Se eu o vir, acabo com ele... Não, mas isso eu não posso fazer... Deveria tê-lo feito logo, logo!... Se eu pelo menos tivesse tido uma chance!... Vou até o coronel para lhe comunicar o acontecido... Sim, ao coronel... O coronel é sempre muito amável — e eu vou lhe dizer: senhor coronel, comunico, com todo o respeito, que ele segurou o cabo do meu sabre, e que não o soltou; foi exatamente como se eu não tivesse arma nenhuma... O que o coronel haverá de dizer?... O que ele haverá de dizer?... Nesse caso, só existe uma saída: abrir mão da carreira com raiva e vergonha — abrir mão da carreira!...

Será que aqueles ali ao longe são voluntários?... Asqueroso, à noite eles parecem até ser oficiais... E ainda saúdam!... Se eles soubessem... Se eles soubessem!... Logo ali é o Café Hochleitner... Com certeza há alguns camaradas lá dentro... Talvez também algum que eu conheço... Que tal se eu contasse tudo, ao primeiro que cruzar meu caminho, mas como se tivesse acontecido com outro?... Ora, já estou completamente perdido...

Por onde estou andando? O que estou fazendo na rua a uma hora dessas?... Sim, mas para onde eu deveria ir? Por acaso eu não estava querendo ir até o Leidinger? Ora, só me faltava essa, sentar entre um punhado de pessoas... Acho que todo mundo perceberia em mim o que aconteceu... Sim, mas alguma coisa precisa acontecer... E o que precisa acontecer?... Nada, nada... Ninguém ouviu qualquer coisa, absolutamente nada...Ninguém sabe de nada... Neste momento, ninguém sabe de nada... E se eu fosse agora até a casa dele e implorasse a ele para que não contasse nada a ninguém?... Ah, melhor meter logo uma bala na cabeça do que fazer uma coisa dessas!... Seria a coisa mais sensata a fazer!... Mais sensata? A mais sensata?... Mas não existe outra possibilidade... Não existe outra possibilidade... Se eu perguntasse ao coronel, ou ao Kopetzky... Ou ao Blany... Ou ao Friedmaier... Qualquer um deles diria: não resta a ti outra coisa a fazer!... E que tal se eu falasse com o Kopetzky?... Sim, no fundo isso seria a coisa mais razoável... Até por causa de amanhã... Sim, é claro... Por causa de amanhã... Às quatro, na caserna da cavalaria... Eu tenho o dever de me bater amanhã às quatro... Mas não tenho mais o direito, já que o acontecido me torna legalmente incapaz de tomar satisfações...

Absurdo! Absurdo! Absolutamente ninguém sabe disso, absolutamente ninguém sabe disso!... Há muitos andando por aí, aos quais aconteceram coisas piores do que a mim... As coisas que não contaram a respeito do Deckener, quando ele foi duelar a tiros com o Rederow... E o Conselho de Honra decidiu que o duelo poderia acontecer... Mas como será que o Conselho de Honra decidiria no meu caso?... Garoto bobo... Garoto bobo... E eu simplesmente fiquei parado...! Pelo amor dos céus, na verdade pouco importa se alguém ficou sabendo ou não!... *Eu* fiquei sabendo, *eu* sei, e é isso que importa! *Eu* sinto que agora sou um outro, diferente daquele que era há uma hora... *Eu* sei que agora sou legalmente incapaz de tomar satisfações, e por isso sou obrigado a me matar com um tiro... Não teria mais um minuto de paz em minha vida... Viveria sempre com medo de que alguém acabasse sabendo de tudo, de algum jeito ou de outro... E de que alguém um dia me dissesse na cara o que aconteceu hoje à noite!... Como eu era um homem feliz havia uma hora... E então o Kopetzky tinha de me presentear com o bilhete... E a Steffi tinha de dizer que não pode me encontrar... Que gentinha, a dela! E é de algo assim que se depende... À tarde, tudo ainda estava bem, tudo era bonito, e agora eu sou um homem perdido e obrigado a me matar com um tiro...

Mas por que é que estou correndo assim? Nada vai fugir de mim... Vou contar as batidas do sino... Uma, duas, três, quatro, cinco, seis, sete, oito, nove, dez, onze... Onze, onze horas... Eu deveria ir jantar, de uma vez por todas... Poderia me sentar num boteco qualquer, onde ninguém me conhece... Afinal de contas, o homem precisa comer, mesmo que se mate com um tiro logo em seguida... Ora essa, a morte não é nenhuma brincadeira de criança... Quem foi mesmo que disse isso ainda há algum tempo?... Como se isso importasse alguma coisa agora...

Eu gostaria de saber quem mais sofreria com tudo?... Se seria mamãe, ou se seria a Steffi?... A Steffi... Deus do céu, a Steffi... Ela nem sequer poderia permitir que alguém notasse algo, do contrário "ele" a mandaria embora... Pobre criatura!... No regimento — ninguém teria a menor ideia por que foi que eu o fiz... Todos ficariam quebrando a cabeça... Por que foi que o Gustl se matou?... Por certo não ocorreria a ninguém que eu fui obrigado a me dar um tiro porque um miserável dono de padaria, um sujeito infame desses, que só por acaso tem um punho mais forte... É muito desagradável, muito desagradável mesmo!... E só por causa disso um homem como eu, um homem jovem e elegante como eu... Sim, depois de acontecido, todo mundo com certeza dirá: mas isso ele não precisaria ter feito, por causa de uma tolice dessas; é mesmo uma pena!... Mas se eu perguntasse agora, a quem quer que fosse, o que devo fazer, todo mundo com certeza me daria a mesma resposta... E eu mesmo, se eu me perguntasse...

Ora, que os diabos me carreguem... Nós somos completamente indefesos contra os civis... As pessoas pensam que nós estamos em vantagem só porque carregamos um sabre... E quando alguém de nós resolve fazer uso da arma, somos atacados como se fôssemos todos assassinos de nascença... No jornal por certo estaria escrito: ..."Suicídio de um jovem oficial"... Como é mesmo que eles sempre escrevem?... "Os motivos permanecem obscuros"... Ora essa!... "Todos enlutados diante de sua última morada"... Mas é verdade, no fundo... Sempre me sinto como se quisesse contar uma história a mim mesmo... Sim, é verdade... Eu sou obrigado a me matar, não me resta outra coisa a fazer... Não posso ficar esperando que amanhã cedo o Kopetzky e o Blany venham, me devolvam seu mandato e me digam: nós não podemos mais te acompanhar!... Eu seria um patife, se quisesse que eles tolerassem... Um sujeito como eu, que fica parado sem mais no mesmo lugar e se deixa chamar de garoto bobo...

Amanhã, com certeza todo mundo já estará sabendo... É tolice da minha parte imaginar por um momento que um homem como aquele não vai contar o que aconteceu a ninguém... Ele vai contar por toda parte... Sua mulher já deve estar sabendo de tudo a essa hora... Amanhã, o café inteiro já estará sabendo... Os garçons saberão... O senhor Schlesinger... A moça do caixa... E mesmo que ele tenha se proposto a não falar nada a respeito, depois de amanhã ele acabará contando tudo... E se ele não contar nada depois de amanhã, contará em uma semana... E se ele for vítima de um derrame hoje à noite mesmo, ainda assim eu saberei de tudo... Eu sei de tudo... E eu não sou homem que continua vestindo seu uniforme e carregando seu sabre quando um insulto desses pesa sobre ele!... Pois é, sou obrigado a fazê-lo, e basta!... E que há de mais nisso?... Amanhã à tarde o doutor poderia dar cabo de mim com um golpe de sabre... Não seria a primeira vez que algo assim acontece... E o camponês, o pobre rapaz, que pegou uma encefalite e em três dias estava morto... E o Brenitsch, que caiu do cavalo e quebrou o pescoço... E, por fim, finalmente: não existe outra possibilidade... Não para mim, não para mim!...

Existem pessoas que não levam as coisas tão a sério... Deus do céu, mas as pessoas que também existem por aí!... O Ringheimer, quando foi surpreendido na cama com a mulher de um defumador de carne, levou uma bofetada, pediu dispensa e agora está longe, em algum lugar do interior, no campo, e se casou... Que existam mulheres que ainda se casam com um tipo desses!... Por minha alma, eu não lhe estenderia a mão, caso ele voltasse a Viena...

Pois bem, tu ouviste tudo, Gustl: ... Acabou, acabou, tua vida acabou! Ponto final, e um apagador por cima!... Isso mesmo, agora eu sei, a história é bem simples... Isso mesmo! Eu na verdade estou bem tranquilo... Aliás, eu sempre soube disso: caso um dia se fizesse necessário, eu iria ficar bem tranquilo, bem tranquilo... Mas que se faria necessário desse jeito eu não seria capaz de pensar... Que eu seja obrigado a me matar por que um... Mas e se eu não o compreendi direito... Talvez ele tenha dito coisa bem diferente, afinal de contas... Na verdade, eu estava completamente abobado por causa da cantoria e do calor... Talvez eu tenha alucinado por um momento, e tudo não seja nem verdade?... Não seja verdade, rá-rá-rá, não seja verdade!... Ainda sou capaz de ouvir tudo muito bem... Tudo ainda soa em meus ouvidos... E sinto nos dedos como tentei tirar sua mão do cabo do meu sabre... Ele é um homem de força, um verdadeiro Jagendorfer... Mas eu também não sou nenhum fracote... O Franziski é o único no regimento que é mais forte do que eu...

A ponte Aspern... Quanto tempo ainda vou seguir correndo por aí?... Se continuar correndo assim, estarei em Kagran à meia-noite... Rá-rá-rá!... Meu Deus do céu, como estávamos felizes quando as tropas avançaram por lá em setembro passado. Mais duas horas, e Viena... Eu estava morto de cansado quando chegamos... Dormi como uma pedra, a tarde inteira, e à noite já estávamos em Ronacher... O Kopetzky. O Ladinser e... Quem mais estava conosco?... Sim, isso mesmo, o voluntário, que nos contou as piadas judias durante a marcha... Às vezes, eles são rapazes bem simpáticos, os voluntários de um ano... Mas eles todos não deveriam chegar a mais do que apenas substitutos — pois que sentido tem isso tudo? Nós temos de nos sacrificar durante anos, e um sujeito desses serve apenas um ano e tem exatamente a mesma patente que nós... Isso é uma injustiça!... Mas o que isso tudo me importa?... Por que me preocupo com esse tipo de coisas?... Um soldado raso do serviço sanitário vale muito mais do que eu, agora... Eu nem sequer estou mais no mundo... Tudo se acabou para mim... Honra perdida, tudo perdido!... Não tenho outra alternativa a não ser carregar meu revólver e...

Gustl, Gustl, me parece que ainda não estás acreditando muito bem nisso? Vamos, volte à sã consciência... Não existe outra alternativa... Por mais que martirizes teu cérebro, não existe outra alternativa!... Agora importa apenas se comportar de modo decente no último momento, ser homem, ser oficial, de modo que o coronel diga: ele foi um sujeito correto, nós guardaremos dele uma lembrança boa e fiel!...

Quantas são as companhias que saem dos quartéis no cortejo fúnebre de um tenente?... Na verdade eu deveria saber disso... Rá-rá-rá! Se o batalhão inteiro comparecer, ou a guarnição inteira, e eles derem vinte salvas de tiros, mesmo assim eu não irei acordar... Nunca mais!... Ano passado, estive sentado com o senhor von Engel diante do café, depois da corrida de cavalos com obstáculos... Engraçado, nunca mais vi aquele homem, desde então... Por que será que ele tinha o olho esquerdo tapado? Eu sempre quis lhe perguntar a respeito disso, mas não teria sido adequado...

Lá estão caminhando dois soldados da artilharia... Eles com certeza estão pensando que eu vou atrás daquela pessoinha... Aliás, eu preciso vê-la... Oh, horrível!... Eu apenas queria saber como uma dessas ganha seu pão... Sendo assim, eu preferiria... Ainda que, conforme se sabe, a necessidade faz o sapo pular... Em Przemysl... Depois do que aconteceu, me horrorizei tanto que pensei que jamais voltaria a tocar uma mulher fácil... Foram tempos terríveis, aqueles que passamos lá em cima, na Galícia... No fundo, uma sorte e tanto, o fato de ter conseguido chegar a Viena. O Bokorny ainda continua preso em Sambor, e pode permanecer ainda uns dez anos por lá, até ficar velho e grisalho... Mas se eu tivesse ficado por lá, não teria acontecido comigo o que me aconteceu hoje... E eu preferiria ficar velho e grisalho na Galícia do que...

Do que o quê? Isso mesmo, o quê?... Sim, qual é o problema? Qual é o problema?... Será que sou louco a ponto de sempre voltar a esquecer disso?... Sim, por minha alma, eu o esqueço a todo momento... Por acaso já se soube alguma vez de que alguém, que em algumas horas será obrigado a meter uma bala na cabeça, fica pensando em todo tipo de coisas, que nem sequer lhe dizem mais respeito? Por minha alma, estou me sentindo como se estivesse embriagado! Rá-rá-rá! E que bela embriaguez! Uma embriaguez de matar! Uma embriaguez de se matar!... Ora essa! Estou fazendo piadas, isso é muito bom!... Sim, estou muito bem-humorado — uma coisa dessas deve ser inata... É mesmo, se eu contasse o que sinto a alguém, ele por certo não acreditaria... Chega a me parecer que se eu tivesse a coisa aqui comigo... Eu puxaria o gatilho agora mesmo... Em apenas um segundo, tudo teria passado...

Nem todo mundo está em tão boa situação... Outros precisam sofrer durante meses... Minha pobre prima, ficou de cama dois anos, não podia nem se mexer, e foi martirizada pelas dores mais terríveis... Uma calamidade!... Por acaso não é melhor quando a gente se encarrega de providenciar tudo sozinho? Importa apenas prestar atenção, mirar bem, para que afinal de contas não aconteça a tragédia que aconteceu com o cadete substituto no ano passado... Pobre-diabo! Nem chegou a morrer, mas ficou cego... O que será que aconteceu com ele? Onde será que está vivendo agora?... Terrível, andar por aí assim, como ele... Quer dizer, ele nem pode andar por aí, precisa ser levado... Uma pessoa tão jovem, não deve ter nem sequer 20 anos... Com sua amante, ele foi mais certeiro... Ela logo estava morta... São inacreditáveis os motivos que levam as pessoas a se matar! Não entendo como alguém pode ser tão ciumento!... Durante a minha vida inteira jamais senti algo assim... A Steffi agora está, toda confortável, na Sociedade de Jardinagem; e depois vai com "ele" pra casa... E eu não me importo nem um pouco, nem um pouco mesmo! Ela está muito bem acomodada — o pequeno banheiro de lâmpadas vermelhas... Sim, e como ela entrou ainda há alguns dias no quarto, com sua camisola verde... A camisola verde eu também jamais voltarei a ver... Também não verei a Steffi, nada dela... E também não subirei mais a escadaria larga e bonita que leva para a Gusshausstrasse... A senhorita Steffi continuará se divertindo como se nada tivesse acontecido... Ela não poderá nem mesmo contar a quem quer que seja que seu querido Gustl se matou... Mas chorar, isso ela haverá de fazer... Ah, sim, ela irá chorar... Aliás, até serão muitos os que irão chorar... Pelo amor de Deus, e minha mãe!... Não, não, não posso pensar nisso... Ah, não, não se pode pensar nisso de jeito nenhum... Não se deve pensar na casa da gente, Gustl, entendido?... Nem com o mais leve dos pensamentos...

Isso não é nada mau, eis que agora até cheguei ao Prater... No meio da noite... Isso eu também não teria sido capaz de pensar antes, que eu hoje à noite iria passear no Prater... O que será que o guarda estará pensando sobre isso? Ora, apenas sigamos adiante... É bem bonito aqui... Jantar, eu acho que não vai mais ser possível, ir ao café também não; o ar está agradável, tudo esta tão calmo... Muito calmo... Mas calmo mesmo tudo estará para mim apenas em pouco, tão calmo como só eu sou capaz de imaginar. Rá-rá-rá!... Estou completamente sem fôlego... Devo ter corrido como um doido... Mais devagar, mais devagar, Gustl, não vais perder nada, não tens mais nada a fazer... Nada mesmo, absolutamente nada!...

Será que me engano, ou estou tremendo de frio?... Deve ser o nervosismo... E, além disso, não comi nada... Mas que cheiro estranho é esse?... Ainda não é a época de algo estar florescendo?... Que dia é hoje mesmo?... Quatro de abril... Pois é, choveu muito nos últimos dias... Mas as árvores ainda estão quase completamente secas... E está bem escuro, ora essa, até se poderia ficar com medo... Na verdade, a única vez que senti medo em minha vida foi quando ainda era menino, naquela época, na floresta... Mas eu já nem era mais tão pequeno assim... Catorze ou 15 anos... Quanto tempo faz isso?... Nove anos... É isso mesmo... Com 18 anos eu era substituto, com 20 tenente... E no ano que vem serei... O que serei no ano que vem? O que isso quer dizer, aliás: ano que vem? E o que quer dizer: na semana que vem? E o que aliás quer dizer: depois de amanhã?... Como assim? Batendo os dentes? Ora, ora!... Mas deixemos que eles batam um pouquinho... Senhor tenente, o senhor agora está sozinho, não precisa contar vantagens... É amargo, como é amargo...

Vou me sentar naquele banco... Ah!... A que distância será que estou?... Uma escuridão dessas! Aquela casa atrás de mim deve ser o segundo café do Prater... Também estive lá uma vez, no verão passado, quando nossa banda fez um concerto... Com o Kopetzky e com o Rüttner... Ainda havia alguns outros junto... Mas como estou cansado... Não, estou cansado como se tivesse atrás de mim uma marcha de dez horas... Sim, isso seria interessante, adormecer aqui mesmo... Ora essa! Um tenente sem-teto... Sim, na verdade eu deveria ir pra casa... Mas o que eu faria em casa? Por outro lado, o que estou fazendo no Prater?... Ah, eu preferiria não precisar levantar... Adormecer aqui mesmo, e não acordar nunca mais... Sim, isso seria bem confortável!... Não, não permitiremos que as coisas sejam tão confortáveis para o senhor, senhor tenente...

Mas como, e quando?... Agora eu poderia enfim pensar com mais rigor na história toda... Sim, porque tudo precisa ser pensado... Assim são as coisas, na vida... Pensemos, portanto... No quê?... Não, como o ar está bom... Seria aconselhável passear mais vezes no Prater durante a noite... Sim, isso deveria ter me ocorrido mais cedo, agora tudo se acabou, com o Prater, com o ar e com o passeio... Sim, mas o que é, afinal de contas?... Ah, fora com o quepe; parece até que ele está me apertando o cérebro... Não consigo nem pensar direito, assim... Ah... Isso mesmo!... Agora é juntar todo o seu juízo, Gustl... Tomar as últimas providências! Amanhã cedo será botado um ponto final... Amanhã cedo, às sete horas... Sete horas é uma hora interessante. Rá-rá-rá! Ou seja, às oito, quando as aulas começarem, tudo já terá chegado ao fim... No entanto o Kopetzky não poderá dar aula, porque estará abalado demais. Mas talvez ele ainda não esteja nem sabendo... Ninguém precisa ouvir nada... O Max Lippay eles também encontraram apenas à tarde, e ele se matou pela manhã, e absolutamente ninguém ouviu alguma coisa... Mas o que me importa se o Kopetzky dará ou não dará aula?... Ora essa!... Às sete horas, portanto!... Sim... Mas e o que falta, ainda?... Não é preciso pensar em mais nada. Vou me matar com um tiro no quarto, e aí tudo estará acabado! Na segunda-feira, o cadáver...

Conheço alguém que ficará alegre com a notícia: é o doutor... O duelo não poderá acontecer devido ao suicídio de um dos combatentes... O que será que dirão na casa dos Mannheimer?... Ora, ele nem se importará muito com o acontecido... Mas a mulher, a bela e loura mulher... Com ela dava pra fazer uma coisa... Oh, sim, me parece que eu teria uma chance com ela, se eu apenas tivesse me concentrado um pouco... Sim, teria sido algo bem diferente do que foi com a Steffi, essa pessoinha... Mas não se pode ser preguiçoso nesses casos... A ordem é fazer a corte, mandar flores, conversar com jeito... Não é simplesmente chegar e dizer: vem amanhã à tarde até mim, na caserna!... Sim, uma mulher direita como ela teria sido bem interessante... A mulher do meu capitão em Przemsyl, ela não era nenhuma mulher direita, mas não era mesmo... Eu até poderia jurar: o Libitzky e o Wermutek e o substituto maltrapilho, todos a tiveram também... Mas a senhora Mannheimer... Sim, com ela seria diferente, seria um relacionamento que quase faria de alguém uma pessoa bem diferente... Com ela, seria possível receber uma instrução das mais especiais... Com ela, seria possível inclusive ter mais respeito diante de si mesmo...

Mas sempre essas outras... E comecei tão cedo... Ainda era um garoto quando tive minhas primeiras férias e fiquei na casa dos meus pais, em Graz... O Riedl também estava por lá... Foi com uma moça da Boêmia... Ela devia ter o dobro da minha idade... Cheguei em casa apenas quando já estava amanhecendo... Com que jeito meu pai me olhou... E a Klara... Da Klara foi que eu senti mais vergonha... Ela estava noiva, na época... Por que foi mesmo que o noivado não deu em nada? Na verdade eu não me preocupei muito com o assunto... Pobre criança, também jamais teve sorte... E agora ela ainda vai perder o único irmão... Sim, nunca mais voltarás a me ver, Klara... Acabou! O quê, isso tu jamais pensaste que poderia acontecer, irmãzinha, quando me acompanhaste até a estação, no ano-novo? Que jamais irias voltar a me ver?... E mamãe...

Deus do céu, mamãe... Não, não posso pensar nisso... Quando penso nisso me sinto capaz até de cometer uma baixaria... Ah... E se eu viajasse até em casa, antes?... E dissesse que é uma folga de um dia... Ver papai, mamãe e a Klara mais uma vez, antes de botar um ponto final... Sim, posso viajar a Graz com o primeiro trem, às sete, e à uma da tarde estarei lá... Deus te abençoe, mamãe... Olá, Klara! E então, como vão as coisas por aqui?... Não, isso é que é uma surpresa!... Mas eles com certeza notariam alguma coisa... Se nenhum outro notasse... a Klara iria notar... a Klara com certeza iria notar... A Klara é uma mocinha tão sensata... Como ela foi amável ao me escrever, ainda há pouco, e eu continuo lhe devendo a resposta... E os bons conselhos que ela sempre me dá... Uma criatura de alma tão boa... Será que tudo não teria sido diferente se eu tivesse ficado em casa? Eu teria estudado economia, depois ido até meu tio... Era o que todo mundo queria quando eu ainda era garoto... Agora eu já estaria até casado, com uma mocinha amável e boa... Talvez a Anna, que gostava tanto de mim... Mesmo agora, quando estive a última vez em casa, percebi tudo, ainda que ela já tivesse marido e dois filhos... Vi como ela olhou pra mim... E ela continua me chamando de "Gustl" como no passado... Ela haverá de estremecer pelo corpo todo ao saber do fim que eu tive... Mas seu marido simplesmente dirá: sempre imaginei que isso pudesse acontecer... Um vagabundo desses!... Todos pensarão que foi por que eu tinha dívidas... E nem sequer é verdade, tudo já foi pago... Só os últimos 160 florins... Ora, mas eles estarão ali amanhã... Sim, ainda tenho de me encarregar disso, o Ballert precisa receber os 160 florins... Preciso deixar tudo por escrito, antes de dar o tiro... É terrível, é terrível!...

Se eu pelo menos preferisse dar no pé, me mandar daqui!... Ir para os Estados Unidos, onde ninguém me conhece... Nos Estados Unidos ninguém sabe o que foi que aconteceu por aqui hoje à noite... Lá, absolutamente ninguém se importa com isso... Ainda há pouco o jornal escreveu sobre um certo conde Runge, que foi obrigado a dar o fora por causa de uma história suja, e agora ele é dono de um hotel por lá e não está nem aí com todas as fraudes do passado... E, depois de alguns anos seria possível voltar... Naturalmente não a Viena... Também não a Graz... Mas eu poderia ir à chácara... E mamãe e papai, e até mesmo a Klara com certeza prefeririam mil vezes que eu continuasse vivo... E que me importam as outras pessoas? Quem mais gosta de mim, além deles? Não contando o Kopetzky, ninguém se importaria com minha falta... Na verdade o Kopetzky é o único... E justamente ele teve de me dar o bilhete de presente, hoje... E o bilhete é o culpado de tudo... Sem o bilhete, eu não teria ido ao concerto, e tudo isso não teria acontecido...

Mas o que foi que aconteceu? Agora me parece que já se passaram cem anos desde então, e não deve fazer nem duas horas... Há duas horas alguém me chamou de "garoto bobo", e quis quebrar meu sabre em pedaços... Deus do céu, ainda vou começar a gritar no meio da noite! Por que foi que tudo isso aconteceu, afinal? Eu não poderia ter esperado mais um pouco, até o vestíbulo ficar completamente vazio? E por que foi que eu lhe disse: "O senhor cale a boca!" Como foi que isso me escapou? Se de resto sou uma pessoa cortês, além do mais... Nem mesmo com meus ordenanças eu costumo ser tão rude... Mas é claro, eu estava nervoso... Todas as coisas que acabaram se juntando... O azar no jogo e as eternas recusas da Steffi... E o duelo amanhã à tarde... E também estou dormindo muito pouco nos últimos tempos... E toda a faina na caserna... Não dá pra aguentar algo assim por muito tempo!... Sim, cedo ou tarde eu acabaria doente... Teria de pedir férias... Agora isso já não é mais necessário... Agora virão férias bem longas... Sem remuneração... Rá-rá-rá!...

Quanto tempo ainda vou ficar sentado aqui? Já deve ter passado da meia-noite... Não ouvi as doze badaladas, ainda há pouco?... Mas o que é isso... Um coche andando ali? A essa hora? Rodas de borracha... Já posso imaginar muito bem... Eles certamente estão em situação melhor do que eu... Quem sabe se não é o Ballert com a Bertha... Mas e por que seria logo o Ballert?... Pode seguir em frente!...

Quem tinha uma parelha das mais bonitas era sua Alteza, em Przemysl... Ele sempre andava com ela até a cidade, para a casa da Rosenberg... Sua Alteza era muito extrovertido... Um verdadeiro camarada, tratava todo mundo por tu... Eram mesmo bons tempos... Ainda que... A região era desolada, e de morrer de calor no verão... Em uma só tarde, três homens foram vítimas de insolação... Inclusive o cabo da minha coluna... Uma pessoa tão útil... À tarde, nós nos deitávamos na cama nus... Certa vez, o Wiesner veio até mim de repente; eu devia estar sonhando e levantei de um salto, puxei o sabre, que sempre ficava deitado ao meu lado... A cena deve ter sido muito bonita... O Wiesner quase se matou rindo... Ele agora já é chefe de esquadrão, com patente de capitão... Uma pena eu não ter ido para a cavalaria... Mas o velho não teria aceitado isso... Teria sido uma brincadeira um pouco cara demais... Também agora pouco importa... Mas por quê?...

Sim, eu já sei: terei de morrer mesmo, por isso pouco importa — terei de morrer... Mas como?... Olha só, Gustl, tu te dirigiste especialmente ao Prater, no meio da noite, um lugar onde não haverá alma humana te importunando... Agora podes pensar em tudo com calma... Isso dos Estados Unidos e de pedir dispensa não passa de bobagem, e além disso tu és bobo demais pra começar outra coisa... E se chegares aos cem anos e lembrares que alguém quis quebrar teu sabre em pedaços, e tu ficaste parado ali e não pudeste fazer nada... Não, não há mais nada em que pensar... O que aconteceu, aconteceu... Também aquilo que diz respeito a mamãe e à Klara é absurdo... Elas haverão de saber encarar a dor... Um dia, tudo acaba passando... Como mamãe se lamentou quando o irmão dela morreu... E, depois de quatro semanas, ela mal pensava no assunto... Ela sempre ia ao cemitério... Primeiro, todas as semanas, depois todos os meses... E agora apenas uma vez por ano, no aniversário da morte... Amanhã será o aniversário da minha morte... Dia cinco de abril... Será que irão transladar meu corpo a Graz? Rá-rá-rá! Nesse caso, os vermes de Graz vão fazer a maior festa!... Mas isso não me importa nem um pouco... Que os outros se quebrem a cabeça por causa disso...

Pois bem, o que pode me importar a uma hora dessas?... Sim, os 160 florins para o Ballert... Isso é tudo... De resto, não preciso tomar nenhuma providência... Escrever cartas? Para quê? E a quem?... Me despedir?... Sim, com os diabos, já é suficientemente claro o fato de alguém se matar com um tiro!... Assim, os outros já perceberão muito bem que a despedida foi dada... Se as pessoas soubessem como toda essa história me é indiferente, elas nem sequer lamentariam por mim... No fundo, não há mesmo por que lamentar minha perda... O que foi que eu fiz, em minha vida toda?... De uma coisa eu ainda gostaria de ter participado: de uma guerra... Mas nesse caso eu poderia ter de esperar muito tempo... E todo o resto eu conheço... Se uma pessoinha dessas se chama Steffi ou Kunigunde, pouco importa... E as mais belas operetas eu também conheço... E o Lohengrin eu cheguei a ver doze vezes... E hoje à noite inclusive fui ver um oratório... E um dono de padaria me chamou de garoto bobo... Por minha alma, agora basta, de uma vez por todas!... E eu nem sequer estou mais curioso... Portanto, vamos para casa, devagar, bem devagar... Pressa é o que menos tenho em uma hora dessas... Descansar mais alguns minutos aqui no Prater, num banco... Sem-teto... Na cama eu não vou mais deitar mesmo, nunca mais... Terei tempo suficiente para descansar dormindo... Ah, esse ar!... Ele vai me faltar...

MAS O QUE É ISSO?... Ei, Johann, me traz aí um copo de água fresca... O que é?... Onde estou? Sim, será que estou sonhando?... Minha cabeça... Oh, raios e trovões... Maldição... Não consigo abrir os olhos!... Ora, mas eu estou vestido!... Afinal de contas, onde é que estou sentado? Meu Deus do céu, eu adormeci! Como posso ter conseguido dormir; já está até amanhecendo!... Quanto tempo será que eu dormi?... Preciso olhar no relógio... Não vejo nada... Mas onde se meteram meus fósforos?... Ora, quando é que um vai acender?... Três... E às quatro eu tenho um duelo marcado... Não, não é um duelo... Vou me matar com um tiro!... Não há nada de duelo ou coisa assim; eu preciso é me matar, porque um dono de padaria me chamou de garoto bobo... Sim, mas será que isso realmente aconteceu?... As coisas estão tão estranhas em minha cabeça... Minha garganta parece estar no meio de um torno... Eu não consigo nem me mexer... Minha perna direita adormeceu... Levantar! Levantar!... Ah, assim está melhor!... Logo já estará mais claro... E o ar... Exatamente como no passado, bem cedo, quando eu estava no posto avançado e acampava na floresta... Aquele era um despertar diferente... Havia um novo dia diante de mim...

Até me parece que ainda não estou acreditando em tudo isso... Ali está a rua, cinzenta, vazia... Eu com certeza sou o único homem no Prater agora... Já desci até aqui às quatro horas uma vez, com o Pausinger... Fomos cavalgar... Eu no cavalo do capitão Mirovic, e o Pausinger em seu próprio pangaré... Foi em maio, ano passado... Na época tudo já estava florescendo... Tudo estava verde... Agora tudo continua seco... Mas a primavera logo virá... Em alguns dias ela estará aí... Lírios-do-vale, violetas... É uma pena que eu não possa mais gozar nada disso... Qualquer velhaco poderá gozar um pouco, só eu serei obrigado a morrer! É realmente uma miséria! E todos os outros ficarão sentados no Weingartl, jantando, como se nada tivesse acontecido... Assim como ficamos todos sentados no restaurante já na noite posterior ao dia em que carregaram o corpo de Lippay para fora... E todo mundo gostava do Lippay... Sim, gostavam mais dele do que de mim no regimento... Por que, então, não sentariam no restaurante quando eu bater as botas?...

Está bem quente... Muito mais quente do que ontem... E um perfume desses... Algo já deve estar florescendo... Será que a Steffi vai levar flores para mim?... Isso nem sequer vai lhe ocorrer! Ela passará direto... Sim, se ainda fosse a Adele... Não, a Adele não!... Acho que já faz uns dois anos que não pensei mais nela... O escarcéu que ela não fez quando tudo terminou... Na minha vida inteira não vi uma mulher chorar como ela chorou... No fundo, isso foi a coisa mais bonita que eu vivenciei... Ela era tão simples, tão pouco exigente... Gostava de mim, isso eu seria capaz de jurar... Era bem diferente, muito diferente da Steffi... Eu apenas gostaria de saber por que foi que eu desisti dela... Uma burrice dessas! Havia ficado chato demais pra mim, sim, isso foi tudo... Sair todas as noites, sempre com a mesma e única pessoa... Além disso, eu senti medo de não conseguir mais me livrar dela... Uma resmungona dessas... Pois é, Gustl, poderias ter esperado mais um pouco... Ela foi a única que realmente gostou de ti... O que será que ela anda fazendo, agora? Ora, o que ela andará fazendo?... Deve estar com outro... Isso mesmo, a história com a Steffi é mais confortável... A gente comparece apenas de vez em quando, e um outro fica com todos os incômodos... Eu fico apenas com o prazer... Sim, nesse caso também não é adequado exigir que ela venha até o cemitério... Mas quem é que viria, caso não fosse obrigado a tanto? Talvez o Kopetzky, e ninguém mais, por certo!... No fundo é triste não ter absolutamente ninguém...

Mas que absurdo! Papai, mamãe e a Klara... Sim, eu sou o filho, o irmão, que fazer... Mas o que há entre nós, além disso? Eles com certeza gostam de mim... Mas o que é que eles sabem de mim, no fundo?... Que presto meu serviço, que jogo cartas e que ando com certas pessoas... Mas e de resto?... Que às vezes me horrorizo diante de mim mesmo, isso eu jamais lhes escrevi... Ora, me parece que nem mesmo eu sabia ao certo disso... Mas o que é isso, agora queres me vir com essas histórias, Gustl? Só faltava começares a chorar, ainda por cima... Com a breca!... Manter o passo ereto... Assim! Pouco importa se estejamos indo a um encontro amoroso, ao posto de guarda ou à batalha... Quem foi mesmo que disse isso?...

Ah, sim, o major Lederer, na cantina, quando se contou a respeito do Wingleder, que ficou tão pálido antes de seu primeiro duelo — e ainda por cima vomitou... Sim, pouco importa se estejamos indo a um encontro amoroso ou em direção à morte certa, no andar e no rosto isso não poderá ser reconhecido num oficial de verdade!... Pois bem, Gustl!... Foi o major Lederer quem o disse! Ora, ora!...

Cada vez mais claro... Já daria até para ler... Mas o que é que está assobiando, ali?... Ah, sim, logo ali fica a estação norte... A coluna de Tegetthoff... Tão alta assim ela jamais me pareceu... Lá do outro lado há alguns coches... Mas nada a não ser varredores de rua na rua... Meus últimos varredores de rua... Ora essa! Sou sempre obrigado a rir quando me lembro... Não consigo entender por quê... Será que é assim com todo mundo, quando sabe com certeza? Três e meia no relógio da estação norte... Agora só resta saber se me mato com um tiro às sete seguindo a hora da estação ferroviária ou a hora de Viena?... Sete... Sim, mas por que justamente às sete?... Como se não pudesse ser em outra hora... Estou com fome... Por minha alma, como estou com fome... Também, não é de admirar... Quanto tempo já faz que não como alguma coisa?... Desde... Desde ontem, às seis da tarde, no café... Sim! Quando o Kopetzky me deu o bilhete... Um café com leite e dois bolinhos... O que será que o dono da padaria dirá, quando ficara sabendo?... Cachorro maldito!... Ah, ele com certeza saberá por quê... Sim, ele haverá de se dar conta... E ficará sabendo bem direitinho o que significa ser: oficial!... Um sujeito desses pode se deixar espancar em plena rua e isso não tem nenhuma consequência, enquanto um de nós é insultado em segredo e já é um homem morto... Se um canalha desses pelo menos aceitasse se bater num duelo... Mas não, se fosse assim ele seria mais cauteloso, não arriscaria tanto a pele... E o sujeito vai continuar vivo, simplesmente vivendo, enquanto eu — serei obrigado a comer capim pela raiz!... Foi ele quem me matou, no fundo... Sim, Gustl, estás percebendo uma coisa?... É ele quem está te matando! Mas as coisas não podem acabar assim tão lisas pra ele!... Não, não e não! Vou mandar uma carta ao Kopetzky, na qual escreverei tudo, vou relatar a história toda... Ou, ainda melhor: vou escrever logo ao coronel, mandarei um comunicado ao comando do regimento... Exatamente como se fosse um comunicado oficial... Sim, espera só, acreditas que algo assim pode permanecer secreto?... Mas tu te enganas .. Tudo será escrito para ser eternamente lembrado, e então quero só ver se ainda te atreverás a pisar no café!... Ora essa!... "Isso eu quero ver", é muito bom!... Eu ainda quereria ver um bocado de coisas, mas lamentavelmente não será mais possível... Acabou!...

Agora o Johann deve estar chegando ao meu quarto, agora ele deve estar percebendo que o senhor tenente não dormiu em casa... Ora, ele pensará todo tipo de coisas; mas que o senhor tenente passou a noite no Prater, isso, por minha alma, isso ele não chegará a pensar... De jeito nenhum...

Ah, os do Quadragésimo Quarto! Marchar para o sítio de tiro... Vamos deixá-los passar... Assim, vamos nos postar depois... Lá em cima, alguém está abrindo a janela... Bonita, ela... Ora, mas seria bom botar pelo menos um pano em volta do corpo quando se vai até a janela... Domingo passado foi a última vez... Que justamente a Steffi seja a última, eu jamais teria sonhado... Oh, Deus, no fundo esse é o único prazer real...

Pois é, o senhor coronel em duas horas sairá cavalgando atrás, nobremente... Os senhores passam bem... Sim, sim, olharam de lado!... Mas está bem... Se os senhores soubessem como estou pouco me lixando para os senhores!... Ah, nada mal: o Katzer... Desde quando foi mesmo que ele foi transferido para o 44º?... Como vai, às ordens; como vai, às ordens!... Que cara esse daí está fazendo?... Por que ele apontou para sua cabeça?... Meu caro, teu crânio me interessa bem pouco... Ah, sim! Não, meu caro, tu te enganas: eu passei a noite no Prater... Haverás de ler tudo na folha vespertina... "Mas não é possível!", ele dirá; "hoje pela manhã, quando marchamos para o sítio de tiro, eu ainda o encontrei na Praterstrasse!"... Quem será que vai ficar com a minha coluna?... Será que vão repassá-la ao comando de Walterer?... Ora, se for assim, o resultado vai ser muito bonito... Um sujeito sem agudeza, sem perfil, teria sido melhor se ele tivesse se tornado sapateiro...

O quê, será que o sol já está nascendo?... O dia vai ser bonito, hoje... Um verdadeiro dia de primavera... É realmente de mandar tudo aos diabos!... O cocheiro do tílburi ainda estará feliz da vida às oito da manhã, e eu... Ora, mas o que é isso? Ei, só faltava isso... Perder a compostura no último momento por causa de um cocheiro de tílburi... Mas o que é esse bater descompassado do coração que percebo em mim de repente?... Não haverá de ser por causa disso... Não, oh, não... É porque já não como há tanto tempo... Mas Gustl, pelo menos sê honesto contigo mesmo... Tu estás com medo... Medo, porque jamais tentaste... Mas isso não te ajuda nem um pouco, o medo jamais serviu de ajuda a alguém, todo mundo precisa passar por isso uma vez, alguns cedo, outros mais tarde, e a tua vez chegou mais cedo... Na verdade, jamais tiveste grande valor, sendo assim, comporta-te com decência pelo menos na última hora, isso eu exijo de ti!... Pois bem, agora importa apenas pensar... Mas pensar em quê?... Sempre estou querendo pensar em algo... Ora, é muito simples: ele está dentro da gaveta do criado-mudo, já está até carregado, e isso significa apenas: apertar o gatilho... Isso não haverá de exigir nenhuma grande arte!...

Essa já está indo para a loja... As pobres mocinhas!... A Adele também trabalhava numa loja... Fui buscá-la à tardinha algumas vezes... Quando elas trabalham numa loja, não se tornam aquele tipo de gente... Se a Steffi quisesse pertencer apenas a mim, eu faria com que virasse modista, ou algo assim... Como será que ela ficará sabendo?... Pelo jornal!... Ela se incomodará por eu não ter lhe escrito... Me parece que vou acabar fundindo a cuca mesmo... O que me importa se ela se incomodará ou não... Quanto tempo durou toda a história?... Desde janeiro?... Oh, não, já deve ter começado antes do Natal... Eu trouxe bombons de Graz pra ela, e no ano-novo ela me mandou uma cartinha... Exatamente, as cartas que guardo em casa... Não há algumas que eu deveria queimar?... Hum, a de Fallsteiner... Se encontrarem essa carta... O rapaz poderia vir a ter problemas... Como se isso me importasse alguma coisa!... Ora, mas queimar a carta não significa nenhum grande esforço... Mas procurar o escrito eu também não posso... O melhor seria queimar tudo junto logo... Quem poderia precisar das cartas? É tudo papel velho e sem utilidade... E os poucos livros que tenho, eu poderia deixar ao Blany... "Através da noite e da neve"... É uma pena que eu não vá mais conseguir terminá-lo... Li bem pouco nos últimos tempos...

O som de um órgão... Ah, vem da igreja... A missa matinal... Faz tempo que não fui à missa... A última vez foi em fevereiro, quando minha coluna recebeu o comando de ir... Mas isso de nada vale... Eu tive de cuidar do meu pessoal, para ver se são devotos e se comportam direitinho... Eu gostaria de entrar na igreja... Afinal de contas, talvez haja alguma coisa nisso tudo... Ora, hoje depois da mesa haverei de saber com exatidão... Ah, "depois da mesa" é muito bom!... Pois bem, e então, devo entrar ou não?... Acho que para mamãe seria um consolo se ela soubesse!... A Klara dá menos importância à questão... Ora, vamos entrar... Mal é que não poderá fazer!

O som do órgão... O canto... Hum!... Mas o que é isso?... Estou sentindo uma tontura... Oh, Deus, oh, Deus, oh, Deus! Eu gostaria de ter uma pessoa com a qual pudesse trocar uma palavrinha antes!... Isso já seria alguma coisa... Ir se confessar! Queria só ver a cara do padreco, se eu dissesse, ao final: tenho a honra, vossa reverendíssima, de comunicar que agora vou me matar!... Melhor ainda seria se eu me deitasse logo no piso de pedra e começasse a chorar... Ah, não, não se pode fazer uma coisa dessas! Mas chorar às vezes faz tão bem... Vamos nos sentar por um momento... Mas não dormir de novo como antes, no Prater!...

As pessoas que têm uma religião estão em situação melhor... Ora, mas agora até minhas mãos estão começando a tremer!... Se continuar assim, eu vou me tornar tão asqueroso a mim mesmo na última hora, que vou acabar me matando de pura vergonha!... Aquela mulher velha, ali... Pelo que será que ela ainda reza?... Seria uma ideia e tanto, ir até ela e lhe dizer: a senhora poderia, por favor, me incluir em suas orações... Eu não aprendi muito bem como fazer isso... Ora, ora! Até me parece que a morte emburrece!... Levantar!... O que é mesmo que essa melodia me faz lembrar?... Meu Deus do céu! Ontem à noite!... Vamos, vamos! Não sou capaz de aguentar isso!... Pssst! Sem tanto barulho, e cuidando para não arrastar o sabre por aí... Não perturbar as pessoas em sua devoção... Assim!... Melhor mesmo ir logo para o céu aberto... Luz... Ah, a hora se aproxima cada vez mais... Seria melhor mesmo se tudo já tivesse passado!... Eu deveria ter dado um jeito logo... No Prater... Não se deveria jamais sair de casa sem revólver... Se eu tivesse o meu comigo ontem à noite... Meu Deus do céu!...

Eu poderia ir ao café para tomar meu desjejum... Estou com fome... No passado, sempre me pareceu estranho que as pessoas condenadas à morte ainda quisessem tomar seu café e fumar seu charuto pela manhã... Raios e trovões, eu nem sequer fumei! Não tive nem vontade de fumar!... É bem estranho: eu teria vontade de ir ao meu café... Sim, ele já está aberto, e por certo ainda não há ninguém ali dos nossos... E se houver alguém... Seria no máximo um sinal de sangue-frio. "Às seis ele ainda tomou seu desjejum no café, e às sete se matou com um tiro"...

Estou bem calmo de novo... Caminhar é tão agradável... E o mais bonito é que ninguém está me obrigando... Se eu quisesse, ainda poderia deixar toda esse troço de lado... Os Estados Unidos... Mas o que é isso: "troço"? O que é um "troço"? Parece que a insolação me pegou!... Barbaridade, será que estou tão calmo por que continuo imaginando que não sou obrigado a fazer nada?... Mas eu sou obrigado! Sou obrigado! Não, eu quero!... És capaz, pelo menos, de imaginar, Gustl, que estás deixando teu uniforme de lado para dar no pé em seguida? O cachorro maldito se mataria de tanto rir... E até mesmo o Kopetzky não iria mais querer te dar a mão... Me parece até que eu agora fiquei todo enrubescido... O guarda está me saudando... Eu preciso agradecer... "Às ordens!"... Agora eu cheguei a dizer "Às ordens"!... Isso sempre agrada um pobre-diabo como ele... Ora, de mim ninguém pode se queixar... Fora de serviço, fui sempre muito agradável... Quando estávamos fazendo manobras, dei charutos Britannika de presente aos oficiais e suboficiais da companhia... Certa vez, ouvi como um homem atrás de mim, ao manusear o fuzil, falou algo sobre "faina maldita", e eu não mencionei seu nome no relatório... Apenas lhe disse: "Ei, tome cuidado, alguém outro poderia ouvir isso... e aí o senhor se daria mal!"...

O Burghof... Quem será que está de guarda hoje?... Os bósnios... Como eles estão bem!... O tenente-coronel ainda há algum tempo disse: quando estávamos lá embaixo, no ano de 1878, ninguém teria acreditado que eles se adaptariam tão bem a nós algum dia!... Deus do céu, como eu gostaria de ter participado de algo assim!... Olha como todos se levantam do banco em que estão... Às ordens, às ordens!... É realmente detestável não podermos ter chegado a isso... Teria sido mais bonito tombar no campo da honra, imolando seu sangue pela pátria, do que assim...

Sim, senhor doutor, o senhor vai se escapar muito bem dessa!... Será que alguém não poderia assumir a questão por mim?... Por minha alma, eu deveria deixar estipulado que o Kopetzky ou o Wymetal se batessem com o sujeito em meu lugar... Ah, ele não deveria se escapar assim tão fácil de tudo!... Ah, mas o que é isso? Por acaso não é indiferente o que acontecer depois? Eu não vou ficar sabendo mesmo de nada!... Ali as árvores já estão lançando brotos... No Volksgarten eu abordei uma mocinha certa vez... Ela estava usando um vestido vermelho... Morava na Strozzigasse... Depois o Rochlitz ficou com ela... Me parece, que ele continua com ela, mas não fala mais nada a respeito... Talvez sinta vergonha...

A essa hora, Steffi ainda deve estar dormindo... Ela parece tão amável quando está dormindo... Como se não pudesse contar nem até três!... Ora, quando dormem, todas elas parecem amáveis!... Acho que eu deveria, sim, escrever uma palavrinha a ela... E por que não? Todo mundo escreve cartas antes... Também à Klara eu deveria escrever, para que ela console papai e mamãe... E essas coisas que se costuma escrever!... E também ao Kopetzky eu deveria escrever... Por minha alma, me parece que tudo ficaria bem mais fácil caso dissesse adeus a algumas pessoas... E a denúncia ao comando do regimento... E os 160 florins para o Ballert... Na verdade, ainda há muita coisa a fazer... Ora, também ninguém me ordenou que fosse às sete horas... A partir das oito, ainda há tempo suficiente para estar morto!... Estar morto, sim — é assim mesmo que se diz — não há o que fazer...

A Ringstrasse... Agora eu logo estarei no meu café... Até me parece que estou me alegrando em poder tomar o café da manhã... Não dá pra acreditar... Sim, depois do café da manhã, vou acender um charuto, e em seguida vou pra casa e escrevo... Sim, e sobretudo mandar a denúncia ao comando; em seguida escreverei a carta à Klara... Depois ao Kopetzky... Depois à Steffi... Mas o que escreverei a essa vadia?... "Minha pequena, tu por certo não imaginaste"... Ah, que absurdo!... "Minha pequena, eu te agradeço do fundo do coração"... "Minha pequena, antes de partir, não quero abrir mão da oportunidade"... Ora, sei muito bem que escrever cartas jamais foi meu forte... "Minha pequena, um último adeus do teu Gustl"... Queria só ver os olhos arregalados dela! No fundo, é uma sorte eu não estar apaixonado por ela... Deve ser muito triste, quando se gosta de alguém e se é obrigado a... Ora, Gustl, deixa estar: assim também já é suficientemente triste... Depois da Steffi ainda teriam vindo outras, e afinal de contas inclusive uma que valesse alguma coisa... Uma mocinha jovem, de boa família e com um belo dote... Teria sido muito interessante... À Klara, eu tenho de escrever em detalhes que não tive como agir diferente... "Tu tens de me perdoar, querida irmã, e, por favor, console nossos queridos pais. Sei que causei um bocado de preocupações a vocês todos, e também algumas dores; mas, acredita em mim, sempre guardei muito amor por vocês, e espero que ainda sejas feliz, minha querida Klara, e que não esqueças completamente de teu irmão infeliz"... Ah, acho melhor não escrever a ela!... Não, pois se o fizer, terei de chorar... Já sinto meus olhos marejando só de pensar... Vou escrever no máximo ao Kopetzky... Um adeus camarada, pedindo que ele informe aos outros...

Já são seis horas?... Ah, não: cinco e meia, não, faltam quinze ainda... Nossa, que rostinho bonito!... Os mesmos olhinhos pretos que encontro tantas vezes na Florianigasse!... O que será que ela dirá ao ficar sabendo?... Mas ela nem sequer sabe quem eu sou... Ela apenas ficará admirada por não me ver nunca mais... Anteontem, ainda, fiz o propósito de falar com ela na próxima vez em que a encontrasse... Flertar, ela flertou o suficiente... Era tão novinha... Afinal de contas ainda era uma inocente!... Sim, Gustl! Não deixa pra amanhã o que puderes fazer hoje!...

Aquele ali com certeza também ficou sem dormir a noite inteira... Pois é, mas agora ele virá para casa bem bonitinho, depois deitar... Eu também!... Rá-rá-rá!... Agora está chegando a hora, as coisas estão ficando sérias, Gustl, é sim, isso mesmo!... Ora, se não fosse nem esse pouquinho de horror, tudo seria fácil demais... E, de um modo geral, eu mesmo preciso dizer, até que estou me comportando bem... Ah, mas para onde estou querendo ir, ainda? Ali já está meu café... Ainda estão varrendo... Ora, mas entremos...

Ali atrás está a mesa onde eles sempre jogam tarocco. Estranho, não consigo nem sequer imaginar que o sujeito que sempre está sentado ao fundo, junto à parede, seja o mesmo que me... Ainda não chegou ninguém... Mas onde é que está o garçom?... Ei! Ali está vindo ele, da cozinha... Está usando seu fraque com toda a pressa... Ora, mas não é mais necessário!... Ah, para ele sim... Ele ainda vai precisar servir outras pessoas hoje!...

"'Bom dia e a seu dispor, senhor tenente!'"

"Bom dia."

"'Tão cedo assim hoje, senhor tenente?'"

"Ah, pode deixar... Não tenho muito tempo, posso ficar sentado de sobretudo mesmo."

"'E o que o senhor tenente deseja?'"

"Um café com leite e a pele da nata em cima."

"'Imediatamente, senhor tenente!'"

Ah, mas ali estão os jornais... Serão os de hoje?... Será que já escreveram algo?... Ora, mas o quê?... Até me parece que quero ver se não escreveram que eu me matei!... Rá-rá-rá...

Mas por que ainda continuo em pé?... Vamos nos sentar ali, junto à janela... Ele já botou o café com leite pra mim lá mesmo.... Pois bem, a cortina eu vou fechar... Detesto quando as pessoas ficam olhando pra dentro... Embora ainda não esteja passando ninguém... Ah, como é bom o café... Não é nenhum delírio vazio, tomar o café da manhã!... Ah, a gente se torna uma pessoa bem diferente... Ah, essa tolice toda é porque eu acabei não jantando... Mas por que o sujeito já está parado aqui de novo?... Ah sim, me trouxe os pãezinhos...

"'O senhor tenente já ficou sabendo?'"...

"Sabendo de quê?" Sim, pelo amor de Deus, será que ele já ouviu alguma coisa?... Ora, mas é absurdo, isso é completamente impossível!

"'O senhor Habetswallner...'"

O quê? Mas esse é o nome do dono da padaria... O que será que ele irá dizer agora?... Será que o sujeito já esteve por aqui, afinal de contas? Será que ainda se deu ao trabalho de passar por aqui ontem à noite e contou tudo?... E por que ele não continua falando?... Sim, mas ele está falando...

"'...ontem à noite... foi vítima de um derrame.'"

"O quê?"... Eu não devo gritar assim... Não, não posso deixar que ele perceba alguma coisa... Mas talvez eu esteja sonhando... Vou perguntar de novo... "Quem foi vítima de um derrame?"... Fabuloso, fabuloso!... Consegui dizer a frase de um jeito completamente inocente!...

"'O dono da padaria, senhor tenente! O senhor tenente por certo o conhece... Sim, o gordo, que todas as tardes joga sua partida de tarocco com os senhores oficiais... Com o senhor Schlesinger e o senhor Wasner da loja de flores artificiais!'"

Eu estou bem acordado... Tudo procede... E mesmo assim ainda não consigo acreditar direito... Vou ter de perguntar mais uma vez a ele... Mas de um jeito bem inocente...

"Ele foi vítima de um derrame?... Sim, mas e como foi que isso aconteceu? De onde ficaste sabendo disso?"

"'Mas, senhor tenente, quem poderia ficar sabendo antes de nós... Os pãezinhos que o senhor tenente está comendo aí, também foram feitos pelo senhor Habetswallner. O garoto que nos traz as coisas da padaria às quatro e meia da madrugada nos contou.'"

Pelo amor de Deus, eu não posso me trair agora... Eu gostaria até de gritar... Gostaria de rir... Gostaria de dar um beijo no Rudolf... Mas ainda preciso lhe perguntar uma coisa!... Ser vítima de um derrame ainda não significa: estar morto... Preciso perguntar se ele morreu... Mas com toda a calma, pois por que motivo eu me importaria tanto com o dono da padaria... Preciso olhar no jornal, enquanto perguntou ao garçom...

"Ele está morto?"

"'Ora, por certo, senhor tenente; caiu seco e não levantou mais.'"

Oh, que maravilha, que maravilha!... Afinal de contas, tudo isso aconteceu porque fui à igreja...

"'Ele ainda esteve no teatro à noite... Caiu nas escadarias do prédio... O zelador ouviu o estrondo... Ora, e depois eles o carregaram para dentro de casa, e, quando o doutor chegou, ele já havia morrido há tempo.'"

"Que tristeza. Ele ainda estava em seus melhores anos."... Ah, isso eu disse de um jeito realmente fabuloso... Ninguém jamais poderia perceber algo em mim... E eu preciso me conter de verdade para não gritar ou pular sobre a mesa de bilhar...

"'Sim, senhor tenente, uma tristeza; era um senhor tão amável, e já frequentava nosso café fazia vinte anos... Era um grande amigo do dono. E a pobre mulher...'"

Eu acho que jamais fui tão feliz em minha vida... Ele está morto... Ele está morto! Ninguém sabe de nada... E nada aconteceu!... Uma sorte de matar, eu ter vindo até o café... Pois do contrário eu teria me matado sem o menor motivo... É como se fosse uma providência do destino... Mas onde é que está o Rudolf?... Ah, está falando com o criado dos fogões... Pois bem, ele está morto... Ele está morto... Eu ainda nem consigo acreditar! Eu preferia mesmo era sair para ver tudo... Afinal de contas, ele teve o derrame por causa da raiva, da fúria contida... Ah, o porquê na verdade não me interessa nem um pouquinho! A questão principal é: ele está morto, e eu posso continuar vivendo, e tudo me pertence de novo!... Engraçado, como fico aqui arrancando pedaços dos pãezinhos que o senhor Habetswallner assou pra mim e botando no café com leite! E como eles são gostosos, senhor von Habetswallner! Fabuloso!... Pois bem, e agora eu ainda gostaria de fumar um charuto...

"Rudolf! Ei, Rudolf! Deixe o criado dos fogões em paz, por favor!"

"'Sim, senhor tenente!'"

"Um Trabucco"...

Estou tão contente, tão contente!... Mas o que vou fazer?... O que vou fazer agora?... Algo precisa acontecer, do contrário eu também ainda vou ser vítima de um derrame, de tão feliz que estou!... Em quinze minutos, vou me dirigir até a caserna e pedir para o Johann que me esfregue com panos frios... Às sete e meia, é hora de manusear os fuzis; e às nove e meia, hora do exercício... E também vou escrever à Steffi que dê um jeito de ficar livre para hoje à noite, custe o que custar! E à tarde, às quatro... Ora, mas espera, meu caro, espera só um pouquinho meu caro! Eu agora estou num momento de bom humor... Vou fazer picadinho de ti!

Reichenau, 13-17 de julho de 1900.

GLOSSÁRIO RESUMIDO

A hora da estação ferroviária — Em 1893, a via férrea fez um acordo internacional para criar uma hora única para a Europa Central, diferente da hora da parte leste do Império Austro-Húngaro.

Anel Viário — *Ring*, no original. Rua chique de Viena, com vários prédios importantes.

Ano de 1878 — Depois do levante de 1875, na Herzegovínia — que se estendeu a ponto de virar uma Guerra de Libertação de Montenegro e da Sérvia contra os turcos —, a Rússia começou uma campanha contra os turcos em 1877, com o objetivo de tomar posse dos estados balcânicos. Em seguida, o Império Austro-Húngaro anexou Bósnia e Herzegovínia com o apoio das potências ocidentais, referendado no Congresso de Berlim, em 1878.

Associação de Canto — *Singverein*, no original. Referência ao *Evangelischer Singverein*, que no dia 4 de abril de 1900 apresentou o oratório *Paulus. Oratorium nach Worten der Heiligen Schrift*, do compositor Felix Mendelssohn-Bartholdy.

Através da noite e da neve — *Durch Nacht und Eis*, no original. Referência — o tenente Gustl parece não se lembrar do título correto do livro — à obra de Fridtjof Nansen, intitulada

In Nacht und Eis. Die norweguische Polarexpedition 1893-1896, publicada em dois volumes em Leipzig no ano de 1897.

Burghof — Traduzindo, teríamos: Pátio da Fortaleza. Moradia e centro de comando do imperador austro-húngaro, em Viena.

Café Hochleitner — O único restaurante (ou quejando) cuja origem real não pôde ser verificada.

Cento e sessenta florins — Mais ou menos o que um funcionário do baixo escalão como o pai do tenente Gustl ganhava mensalmente.

Chineses — O que parece ser extremamente contemporâneo, refere, na verdade, o Levante dos Boxeadores, que explodiu na China em 1899, e foi debelado em 1900/02 por um corpo expedicionário das potências europeias.

Coluna de Tegetthoff — Monumento, eminentemente fálico — que ademais representa mais um chamado à ordem e à orientação para o tenente Gustl — ao almirante Wilhelm Tegetthoff (1827-1871), vencedor da Batalha Marítima de Helgoland, em 1864 (contra os dinamarqueses), e da Batalha de Lissa, em 1866 (contra os italianos).

Coristas Vienenses — *Wiener Tanzsängerinnen*, no original.

Cruzado — *Kreuzer*, no original. Menor unidade monetária do Império Austro-Húngaro até a conversão em coroa e vintém, no ano de 1892.

Florianigasse — Traduzindo, teríamos Viela Floriani.

Galícia — Região da Europa mais oriental — não confundir com a Galícia do noroeste da Espanha — dividida, em 1945, entre a Polônia e a Rússia, na qual havia uma significativa colônia judaica.

Grünes Tor — Traduzindo, teríamos Portão Verde. Não é um nome ficcional, daí a manutenção do original. Mais sobre a importância dos restaurantes e demais locais mencionados na novela — e o fato de serem locais que realmente existiram — poderá ser lido no POSFÁCIO.

Gusshausstrasse — Traduzindo, teríamos Rua da Casa de Fundição.

Honra perdida, tudo perdido! — Paródia da famosa sentença do Imperador Francisco I da França (1494-1547) depois de ser derrotado na Batalha de Pávia (1525), escrita numa carta a sua mãe: "Tudo está perdido, menos a honra."

Imbecivis — *Blödisten*, no original. Gustl, que prima pelo coloquialismo, pelo dialeto vienense e pelo sotaque militar, aqui parece juntar *blöd* (imbecil) com *Zivilisten* (civis).

Jagendorfer — Referência a Georg J. Jagendorfer, conhecido atleta e praticante de luta romana em Viena.

Kagran — Originalmente, uma comunidade autônoma, além do Danúbio, ao norte de Viena. Bem distante, daí a referência.

Legalmente incapaz de tomar satisfações — *Satisfaktionsunfähig*, conforme o termo oficial alemão do original. A questão do duelo, e de quem tinha a direito a ele, bem como dos deveres que envolvia, também é debatida mais extensivamente no POSFÁCIO.

Lohengrin — Ópera romântica em três atos de Richard Wagner.

Madame Sans-Gêne — Comédia em três atos e um prólogo, de Victorien Sardou (1831-1908) e Èmile Moreau (1852-1922); estreou em 1893 em Paris.

Maretti — Provavelmente uma referência oculta a Helene Odilon, uma das atrizes mais famosas da época, que Schnitzler — conforme chega a confessar em seus diários — considerava muito sedutora...

Michalek — Referência a Margarete Michalek, cantora que atuou na Ópera da Corte de Viena.

Quando os chineses os atacarem — Ver CHINESES.

Prater — Originalmente, do italiano *prato*: prado. Grande parque natural, com parque de diversões, em Viena. Já no século XV, o Prater foi contemplado com um zoológico pela corte; em 1776 o zoológico foi aberto à visitação popular, transformando-se em um dos mais famosos parques da Europa, de larga menção na obra de Schnitzler e de outros escritores austríacos. PRATERSTRASSE: Rua do Prater. PRATERALLEE (Aleia do Prater): Avenida do Prater, sequência da primeira.

Przemysl — Cidade-guarnição na Galícia (VER), na fronteira leste do Império Austro-Húngaro, hoje Polônia, nas proximidades da fronteira com a Ucrânia.

Ronacher — Estabelecimento concebido como um misto de teatro, sala de balé, hotel, restaurante e café, mais tarde como show de variedades e hoje usado como teatro; foi construído no lugar do antigo Teatro Municipal.

Sambor — Outra cidadezinha da Galícia (VER).

Sociedade de jardinagem — *Gartenbaugesellschaft*, no original. Local que, assim como a maior parte dos outros mencionados na novela, realmente existiu em Viena (este, até 1959).

Strozzigasse — Traduzindo, teríamos Ruela Strozzi. O percurso de Gustl por Viena pode ser seguido à risca. Ver mais sobre o assunto no POSFÁCIO.

Tarocco — *Tarock*, no original; designa uma grande família de jogos de cartas, jogados de modo diferente em diversas partes da Europa.

Tegetthoff — Ver COLUNA DE TEGETTHOFF.

Virginia — No POSFÁCIO, o leitor poderá encontrar mais sobre as diferentes marcas de charuto e o cuidado de Schnitzler ao mencioná-las.

Volksgarten — Traduzindo, teríamos Jardim do Povo. Conhecido parque de Viena.

Vós, seus anjos, louvai o senhor — Verso final do coro final do Oratório *Paulus*, de Mendelssohn.

Walker — Referência a Edyth Walker (1870-1950), famosa cantora de ópera nova-iorquina.

Weingartl — *Weingarten*, à vienense. Traduzindo, teríamos algo como "vinhedo".

CRONOLOGIA RESUMIDA DE ARTHUR SCHNITZLER

1862 — Em 15 de maio, Arthur Schnitzler nasce na cidade de Viena. Cercado de médicos por todos os lados, Schnitzler é filho de Johann Schnitzler (1835-1893), judeu, renomado médico e professor universitário, e de Louise Schnitzler (1838-1911), também filha de um médico judeu de renome. Em 1865, nasce o irmão de Arthur, Julius Schnitzler, que se tornaria médico, e em 1867 a irmã Gisela, que iria se casar com um médico.

1871 — Schnitzler frequenta o Ginásio Acadêmico em Viena até 1879. Já com 9 anos, escreve seus primeiros esboços de dramas.

1879 — A partir do outono, ou seja, no último semestre do ano, começa seus estudos de Medicina, sempre na cidade de Viena. Apaixona-se juvenilmente por Franziska Reich.

1880 — Primeiras publicações: *A canção de amor da bailarina (Liebeslied der Ballerine)* e "Sobre o Patriotismo", ensaio, em um jornal de Munique.

1882 — Schnitzler serve voluntariamente por um ano em um hospital de guarnição. Ocupa seu tempo livre em jogos de bilhar, cartas e dominó nos cafés de Viena.

1883 — Depois de ser aprovado na prova de oficial, volta à condição de civil.

1885 — É promovido (grau de doutor) Dr. med. em 30 de maio. Viaja a Milão. A partir de setembro torna-se médico assistente no Hospital Geral e a partir de outubro no Setor de Patologias Nervosas da Policlínica. Começa a troca de correspondências com Theodor Herzl, um dos grandes nomes do judaísmo mundial e o pai do sionismo.

1886 — Passa a trabalhar no setor psiquiátrico junto ao médico Theodor Meynert. Publica várias poesias e textos curtos em prosa em diversos jornais e revistas. Em Meran, para onde viaja depois de uma suspeita de tuberculose, conhece a taverneira Olga Waissnix — bem mais velha do que ele e casada —, sua primeira grande paixão.

1887 — Schnitzler torna-se redator do *Panorama Clínico Internacional*, revista fundada por seu pai. Começa um relacionamento com Jeanette Heger, uma "doce moça" *(süsses Mädel)* dos arredores da cidade. Schnitzler imortalizaria a "doce moça" como "tipo" em sua obra, principalmente na teatral.

1888 — Faz viagens de estudo a Londres e Berlim. Publica a comédia *A aventura de sua vida (Das Abenteuer seines Lebens)* e a obra é impregnada pela experiência pessoal do autor, algo que se tornaria característico. Sua vida amorosa segue intensa. Aplica medicinalmente a sugestão e a hipnose trabalhando na clínica de seu pai.

1889 — Início da relação com a atriz Marie Glümer, a Mizi. Segue publicando contos intensamente e trabalhando em peças teatrais.

1890 — Inicia a participação no círculo literário *Jung Wien* que se encontra no famoso Café Griensteidl e conhece, entre outros, os escritores Hugo von Hofmannstahl, Felix Salten, Richard Beer-Hofmann e Hermann Bahr.

1891 — Estreia da peça *A aventura de sua vida,* em Viena. Schnitzler anota em seu diário: "começa o reconhecimento literário". A fama, no entanto, estava longe.

1892 — Viaja a Veneza. Publica o conto "O filho: das anotações de um médico" *(Der Sohn: Aus den Papieren eines Arztes)*, base de seu futuro romance *Crônica de uma vida de mulher.*

1893 — Morte do pai. Schnitzler abre um consultório particular. Segue em suas aventuras amorosas e é traído po Mizi Glümer. A experiência o abala profundamente. Schnitzler aprende a andar de bicicleta e o esporte torna-se uma das grandes paixões de sua vida.

1894 — A professora de canto Marie Reinhard (Mizi II) aparece na vida de Schnitzler. O autor segue publicando.

Entre outros, é publicada a narrativa "Morrer" *(Sterben)*, uma de suas obras-primas no gênero da narrativa curta. Com ela, Schnitzler garante toda sua obra, inclusive a posterior, junto ao conhecido editor Samuel Fischer. Schnitzler alcança, depois de muito tempo, a fama. E desse momento em diante essa fama só faria crescer.

1896 — O crítico vienense Karl Kraus abre fogo contra o movimento *Jung Wien*, apontando — entre outras coisas — a superficialidade dos dândis literários. Schnitzler viaja à Escandinávia e visita e conhece Henrik Ibsen, em Christiania.

1898 — No verão, o autor faz um *tour* de bicicleta através da Áustria, da Suíça e do norte da Itália. Publica a peça *O legado (Das Vermächtnis).*

1899 — Marie Reinhard — que havia perdido um filho, nascido morto, dois anos antes — falece em 18 de março. Em julho, o autor conhece a jovem atriz Olga Gussmann (1882-1970), a futura esposa. Em 27 de março recebe o Prêmio Bauernfeld por sua obra contística e dramatúrgica.

1900 — Segue publicando. Aparece, entre outras obras, a novela *O tenente Gustl (Leutnant Gustl)*, talvez a mais conhecida de suas obras no gênero; com ela, Schnitzler apresenta o monólogo interior para o âmbito da literatura alemã, concedendo a ela uma verdadeira linha divisória; *O tenente Gustl* é publicada pela primeira vez na edição de Natal do jornal *Neue Freie Presse*, em 25 de dezembro de 1900; no ano seguinte, apareceria a primeira edição em livro. O manuscrito de *Ciranda* (*Reigen*, cujo título mais conhecido talvez seja *Ronda*), uma de suas peças mais famosas, é impresso com dinheiro do próprio bolso e distribuído a amigos. Proibida pela censura, a peça foi transformada em filme de sucesso por Max Ophüls em 1950, com o título *La ronde*.

1901 — Devido ao impacto causado pela narrativa *O tenente Gustl*, o título de oficial que Schnitzler possuía é cassado. Publica o romance-novela *A senhora Berta Garlan*, entre outras obras.

1902 — Em 9 de agosto nasce Heinrich, seu filho. Primeiras anotações sobre *O caminho para a liberdade* (*Der Weg ins Freie*). Olga Gussmann já havia perdido um filho seu, um ano antes. Conhece o escritor alemão Gerhardt Hauptmann. Segue publicando intensamente.

1903 — Volta a receber o Prêmio Bauernfeld pelo ciclo *Horas vivas (Lebendige Stunden)*, série de peças teatrais em um ato. Schnitzler casa-se em 26 de agosto com Olga Gussmann, a mãe de seu filho Heinrich.

1904 — Estreia da peça *O caminho solitário (Der einsame Weg)*. Viaja com Olga pela Itália, passando por Roma, Nápoles e pela Sicília.

1905 — Começa a escrever *O caminho para a liberdade)* no qual trabalharia por dois anos.

1908 — Depois de continuar publicando regularmente, Schnitzler recebe o Prêmio Grillparzer pela comédia *Interlúdio (Zwischenspiel)*, cuja estreia havia acontecido três anos antes. Publica seu primeiro romance *O caminho para a liberdade.* Os 5 mil exemplares da primeira edição foram vendidos em bem pouco tempo e, até o verão do mesmo ano, 20 mil exemplares já haviam sido vendidos. Até 1929 seriam publicadas 136 edições do romance.

1909 — Nasce sua filha Lili, em 13 de setembro.

1911 — Falece sua mãe, em 9 de setembro. Estreia simultânea da tragicomédia *Das weite Land* (de título intraduzível em sua multissignificação, algo como *A vasta terra*) uma das mais conhecidas dentre suas obras, em vários teatros da Áustria e da Alemanha. Publica vários contos, entre eles "O assassino" *(Der Mörder)* e "O diário da Redegonda" *(Das Tagebuch der Redegonda),* uma obra envolvida pelo mistério e certamente influenciada pelo grande mestre romântico E. T. A. Hoffmann.

1912 — Estreia da comédia de caracteres *Professor Bernhardi.* Em homenagem a seus 50 anos, a editora S. Fischer publica suas Obras Completas, três volumes de narrativas e quatro volumes de peças teatrais. Schnitzler evita as festividades refugiando-se com a mulher em

Veneza, onde vem a conhecer Rilke, com quem passa a manter correspondência.

1913 — Publica a novela *A senhora Beate e seu filho.* Um ano depois recebe o Prêmio Raimund pela peça *O jovem Medardus*, chamado de "Hamlet austríaco", um pobre homem cujo único propósito é vencer Napoleão, mas que não tem mais do que "palavras tonitruantes" para alcançá-lo. Um ano depois eclodiria a Primeira Guerra Mundial e Schnitzler — ao contrário de muitos de seus contemporâneos — a veria desde logo como uma grande catástrofe.

1914 — Trabalha na escritura da novela *O médico das termas (Doutor Gräsler. Badearzt).*

1918 — Depois do fim da guerra e do fim da censura, *Professor Bernhardi* estreia também na Áustria. Publica *O médico das termas.* Em 1991, a novela mereceria versão holywoodiana, dirigida por Roberto Faenza, com música de Enio Morricone, Keith Carradine no papel do doutor Gräsler, Miranda Richardson no papel de Friederike Sommer e Kristin Scott Thomas no papel de Sabine Schleheim. Publica a novela *O retorno de Casanova (Casanovas Heimfahrt).* Olga, a esposa, sente-se tolhida em sua profissão pela fama do marido. A crise no casamento acentua-se e ela passa a ter uma relação com o jovem compositor Wilhelm Gross, que Schnitzler acolhera em sua casa. O autor continua envolvido em uma série de casos amorosos.

1921 — *Ciranda* é encenada pela primeira vez na Áustria. Depois de causar uma série de tumultos em Viena, a peça é proibida por um ano. Escândalo organizado por causa da peça também em Berlim. *Anatol*, série de peças em um ato nas quais o autor trabalhara por vários anos, aparece como filme mudo nos Estados Unidos. Separa-se da esposa. O filho Heinrich, então com 18 anos, segue seu próprio caminho. Lili, a filha muito amada, permanece com Schnitzler.

1922 — Sigmund Freud escreve ao autor, lembrando a passagem de seus 60 anos. Acontece o primeiro encontro fechado e mais longo entre o autor e o pai da psicanálise. Um ano depois *O jovem Medardus* também ganha versão cinematográfica.

1924 — Publica a novela *Senhorita Else (Fräulein Else)*.

1925 — Publica a novela *A mulher do juiz (Die Frau des Richters)* e *Breve romance de sonho (Traumnovelle)*, que inspirou o filme *Eyes wide Shut* de Stanley Kubrick.

1926 — Último encontro com Freud em Berlim. Publica a novela *Jogo ao romper da aurora (Spiel im Morgengrauen)*, traduzida no Brasil com o título de *Aurora*.

1928 — Publicação do romance *Crônica de uma vida de mulher (Therese: Chronik eines Frauenlebens)* em primeira edição de 30 mil exemplares, algo que era espetacular para a época. A obra também foi publicada na coleção

Grandes Traduções da Editora Record. A filha Lili, casada com um oficial fascista italiano, suicida-se em Veneza. Schnitzler sente-se mortalmente golpeado e diz que sua vida chegara ao fim. Em seguida, apaixona-se por sua tradutora, 36 anos mais jovem, Susanne Clauser.

1929 — *Senhorita Else* ganha versão cinematográfica em Berlim.

1931 — Em 21 de outubro Schnitzler falece, aos 69 anos, em Viena, depois de um derrame cerebral.

POSFÁCIO | MARCELO BACKES

O tenente Gustl, de Arthur Schnitzler, é uma das maiores novelas da literatura ocidental. Espécie de *O alienista* da língua alemã em termos de importância, é leitura obrigatória para qualquer interessado no cânone do gênero. Publicada quase ironicamente no especial natalino do jornal *Neue Freie Presse* em 1900, e em livro pela célebre editora S. Fischer no ano seguinte, é a primeira obra alemã narrada exclusivamente na forma do monólogo interior. Em *O tenente Gustl* Schnitzler já prova que sabe usar com maestria o recurso literário que anos depois se tornaria uma das armas mais potentes no sentido de reescrever a crônica ficcional da recordação nos sete volumes de *Em busca do tempo perdido*, de Marcel Proust, e a partir de James Joyce seria reelaborado e passaria a ser conhecido universalmente como fluxo de consciência (*stream of consciousness*). A novela do tenente Gustl é uma golfada íntima sobre o mundo, escandalizou Viena no âmbito público, e no privado acabou fazendo com que Schnitzler tivesse seu título de oficial da reserva cassado pelos militares.

O tenente Gustl é uma espécie de bocó da virtude. Posa de mui digno, alega não aceitar desaforos e diz preferir a morte à desonra. Mas não hesita em pegar o atalho mais fácil assim que este aparece — seja num passeio, seja na vida. O que acontece com ele, o foco central da narrativa, não passa de uma bobagem, no fundo, e uma bobagem que ele mesmo provocou. Mas bobagem é sempre um princípio relativo, e depende do indivíduo atingido. "Objetivamente" — e qualquer criança educada no interior gaúcho sabe disso — os sofrimentos de Kafka em seu conflito com o pai não justificariam a tortura insana e grandiosa de suas obras, e algum bigodudo pampiano, se conhecesse o autor tcheco, certamente o chamaria de moleirão, sem pensar que no fundo o que importa é se ele sofreu ou não sofreu: e é certo que ele sofreu. Mas Kafka é um autor, e Gustl um personagem de Schnitzler, usado pelo escritor austríaco para desmascarar um comportamento universalmente típico e, mais do que isso, toda uma casta de ressentidos, entronados sobre a potência precária de suas espadas. Na novela de Schnitzler, depois de uma simples ofensa, o tenente Gustl acaba se enredando em uma digressão alucinada sobre o suicídio, chegando a marcar hora e local para dar cabo de sua vida a bala.

Nessa digressão, e a construção narrativa é genial, o "eu" do tenente Gustl vai se desnudando aos poucos. Logo se descobre que ele é oficial do império austro-húngaro, que tem 23 ou 24 anos de idade e é filho de um pequeno funcionário público de Graz. Em sua conduta, o tenente Gustl também personifica muito bem o arrivista social, disposto a subir na vida com a ajuda da carreira militar. Manifesta um respeito peralvilho diante dos superiores, e ao mesmo tempo despreza os civis e chega a agredir os judeus. É a representação do oficialato austro-húngaro conforme o mesmo se vê, uma quase entidade que se autodesmascara e acaba dando razão à imagem que os críticos têm dele. Afinal de contas, estamos num período excepcionalmente sem guerras, a monarquia dos Habsburgo ainda assim cai pelas beiradas, e os militares sentem a necessidade de se mostrarem importantes, embora não sejam mais diretamente úteis. E Gustl é o orador da turma...

No amor, o pobre tenente Gustl não é capaz de grandes sentimentos, e antes defende seu apreço por mulheres fáceis, revelando também nisso a incapacidade do homem fraco de lidar com uma representante mais forte do outro sexo. A maioria de suas parceiras não tem nome — pelo menos ele não consegue se lembrar deles. No fundo, elas não passam de meros objetos, que ele gostaria de ter sempre à disposição de seu prazer. Tanto é assim, que em dado momento o tenente Gustl conta uma das mais breves histórias de amor da literatura alemã, evocada romântica e ironicamente quando vê que algumas árvores no parque em que caminha já estão lançando brotos: "No Volksgarten eu abordei uma mocinha certa vez... Ela estava usando um vestido vermelho... Morava na Strozzigasse... Depois o Rochlitz ficou com ela..."

Quantas vezes a essência de um personagem foi revelada de modo preciso em tão poucas linhas?

O tenente Gustl chega a louvar a relação sem grandes "custos" que mantém com Steffi, tipificando a vida amorosa nos tempos do mundo administrado, a paixão na era do capitalismo avançado.

Outros autores e a teoria

Não apenas por sua sujeição à autoridade, mas por fazer uso da agressão autoritária contra os que não fazem parte de seu mundo, contra os que estão do lado de fora — judeus e civis —, seria possível dizer que o tenente Gustl é um representante daquilo que Theodor Adorno chamou de "caráter autoritário".* E não apenas por isso: Gustl também é paranoico. Insinua uma conspiração generalizada contra os militares no atacado, e no varejo teme que o dono da padaria saia contando a todo mundo a humilhação que lhe infligiu, ao tocar o cabo de seu sabre e ameaçar quebrá-lo. A alma do personagem anda de mãos dadas e em perfeita harmonia com a vida da sociedade que esse personagem representa. A novela é, pois, um império inteiro em algumas dezenas de páginas.

O tenente Gustl é, ao mesmo tempo, sujeito e objeto dessa violência autoritária, parte daquela mediocridade que pode se tornar tão perigosa e de quebra desvenda o parantesco definitivo, também apontado por Adorno, entre banalidade e brutalidade. Tanto que Gustl não hesita em evocar o duelo como forma de agressão oficialmente permitida — Schnitzler já se ocupara do absurdo do tema em algumas peças anteriores, como *Flerte* (Liebelei, de 1895) — e chega a desejar uma guerra que lhe dê carta branca para poder soltar com mais liberdade suas estribeiras mais secretas. O caos favorece os pilantras, é o húmus em que suas almas vicejam, e o Ricardo III de Shakespeare, uma espécie de ancestral mais másculo e reto do tenente Gustl, é o exemplo cabal disso.

O mais interessante na questão toda é que o texto de Adorno é de 1950. Meio século antes, portanto, Schnitzler já elaborava ficcionalmente de forma quase perfeita as teses do filósofo frankfurtiano na figura do tenente Gustl, e antecipava comportamentos que se tornariam típicos durante a Segunda

---

* Ver Theodor W. Adorno. *Studien zum autoritären Charakter*, Frankfurt a. M. 1995.

Guerra Mundial, por exemplo, e acabariam redundando em absurdos inomináveis como o Holocausto.

Outra obra que Arthur Schnitzler de certa maneira "antecipa" é o clássico do teórico e filósofo tcheco-austríaco Ernst Mach sobre a dissociação do "eu". Se Mach publicou seu célebre livro já em 1886, é certo que Schnitzler apenas o leu em 1904. Ainda assim, o tenente Gustl é mais um exemplo genial do "eu" que já não pode mais ser salvo ("Das Ich ist unrettbar."*), um "eu" que não existe mais como entidade substancial e una, ontológica ou metafisicamente, que cai pelas beiradas de sua própria dissociação.

Uma obra que também seria fundamental na concepção de *O tenente Gustl*, e que Schnitzler reconhecidamente leu antes de escrever sua novela, foi *A interpretação dos sonhos*, de Sigmund Freud, publicada um ano antes, em 1899, com a data de 1900. A digressão do personagem schnitzleriano — que acontece no limiar entre consciente e inconsciente — não deixa de ser um apanhado das manifestações obsoletas dos instintos que são "reprimidas", "recalcadas", mandadas ao inconsciente, mas acabam se revelando em atos falhos, discursos impensados, reações urgentes.

Assim, por exemplo, o tenente Gustl não se lembra dos nomes de inferiores ou de namoradas, e faz uma descrição verdadeiramente kafkiana de sua primeira relação sexual. Mulher com o dobro da idade, amigo para dar coragem, depois uma vergonha imensa diante do pai e sobretudo da irmã, prestes a

---

* *Die Analyse der Empfindungen und das Verhältnis des Physischen zum Psychischen.* Darmstadt 1991, p. 20.

casar. Até parece que Gustl põe, com sua relação, a virgindade da irmã em perigo, ou pelo menos já assinala para a precariedade de seu noivado, que realmente é desfeito logo a seguir, embora o tenente não se lembre mais por quê.

As experiências traumáticas e humilhantes do passado, aliás, não param de aflorar no monólogo interior. O pai é aposentado antes do tempo, Gustl foi expulso do ginásio, a família não tem dinheiro suficiente para financiar sua entrada na cavalaria, o lado mais nobre do exército, em oposição à infantaria.

O monólogo interior

É o monólogo interior que permite um mergulho tão direto e angustiante na alma do tenente Gustl, no fluxo de sua consciência.

No monólogo interior, o narrador clássico, mais ou menos isento, desaparece, e um personagem central comparece ao palco no instante exato em que as coisas se sucedem. Esse personagem não fala mais de uma distância tranquila, não é mais um "eu" narrativo recordando o passado num romance autobiográfico, mas sim alguém que comunica suas vivências e experiências no momento em que elas acontecem, em que elas o levam de roldão, com todas suas impressões, suas associações e suas evasivas.

Quase todo romance tem algum monólogo interior. No cinema, o monólogo interior foi reelaborado como voz em *off*. Até mesmo a ária de uma ópera muitas vezes é moldada como um monólogo interior — e isso já desde o século XVIII. É sobretudo na época sentimentalista do movimento romântico *Sturm und Drang* que a emoção individual passa a se tornar foco da narrativa e despertar o interesse do público, permitindo o florescimento do monólogo interior. Um monodrama (ou monólogo, conforme se prefere dizer hoje em dia) como *Proserpina*, de Goethe, já é centralizado na comunicação dos sentimentos internos de um personagem — e a peça é de 1778-79.

O naturalismo voltou a mostrar interesse renovado pelo monólogo interior, e o escritor francês Edouard Dujardin, com *Les lauriers sont coupés*, de 1887, é considerado o primeiro escritor que bebeu exclusivamente dessa moderna fonte literária. Arthur Schnitzler chegou a ler o romance de Dujardin em 1898, dois anos antes, portanto, de começar a trabalhar em *O tenente Gustl*. Em carta ao crítico literário norueguês Georg Brandes, no entanto, Schnitzler diria que o autor francês "não encontrou o conteúdo adequado para a forma que empregou".* Uma forma que ele, Schnitzler, reconhece inovadora e alvissareira para a literatura e que vem a usar — sob todos os aspectos adequadamente — em seu *O tenente Gustl*, que alcança uma precisão bem maior ao mergulhar na alma humana.

De qualquer modo, as obras de Schnitzler e Dujardin correm paralelas em várias de suas circunstâncias. O tenente Gustl tem muito do estudante Daniel Prince, ambos estão em crise e pensam sobre a vida perambulando por uma metrópole, o primeiro por Viena, o segundo por Paris. Schnitzler só voltaria a fazer uso extensivo do monólogo interior, que aliás

* Carta de 11.6.1901. Ver: *Georg Brandes und Arthur Schnitzler, Ein Briefwechsel*. Org. de Kurt Bergel, Verna 1956, p. 88.

aparece episodicamente em toda sua obra,* na novela *A senhorita Else*, de 1924.

Em *O tenente Gustl*, o leitor desde o princípio se torna um passageiro atento à paisagem na cabeça do narrador e personagem central. A curiosidade nos faz colocar o ouvido interessado à fechadura do que este tem a dizer. E, assim, descobrimos tudo no exato momento em que acontece. Quer dizer, as coisas também são tão interessantes porque não passam pelo crivo da consciência do tenente Gustl, não se submetem à lógica de sua censura podante, são simplesmente ditas com as palavras da ocasião. São reflexos e emoções que não chegam a ser elaborados, que meramente brotam do inconsciente ou do pré-consciente. Ou seja, estamos diante de um paradoxo: ficamos sabendo de coisas que ainda não foram verbalizadas, mas que ao mesmo tempo não podem ser comunicadas senão em forma verbal.

A estrutura da novela é perfeita. O discurso está longe de ser caótico. Todas as informações vão sendo dadas pouco a pouco. Durante as divagações, obedecendo a evocações instantâneas, o passado familiar do tenente Gustl é desvendado, a formação escolar, as relações com seus camaradas — superiores e inferiores — e as peculiaridades de sua inclinação às mulheres. A construção é absolutamente plausível, apesar de se fundamentar em uma torrente a princípio desordenada de digressões.

Até a rede de referências temporais é precisa.

---

* Mesmo em romances como *O caminho para a liberdade*, publicado nesta mesma coleção, ou em *Crônica de uma vida de mulher*, ou em obras ainda anteriores como a novela *Morrer*.

Tudo começa às quinze para as dez da noite do dia 4 de abril de 1900 — Schnitzler de certo modo narra, portanto, também de seu próprio aqui e agora — e termina pouco antes das seis horas da manhã do dia seguinte. Espacialmente, também é oferecido um mapa exato dos lugares pelos quais o tenente Gustl passa, e o leitor conseguirá se orientar com precisão diante da cartografia de Viena, e inclusive trilhar com exatidão o caminho do tenente.

A estrutura da novela é circular, inclusive em termos espaciais. Em todo o caminho do tenente Gustl há um movimento que leva do centro seguro à periferia instável, que depois da noite precária no banco do Prater se torna um caminho de volta. Estamos na segunda parte da novela, o tenente acorda e o rio interior que transbordava começa a voltar ao leito aos poucos.

A desorientação de sua sensação subjetiva do tempo é corrigida pela divisão horária rigorosa do serviço militar, da qual ele logo se lembra. E, em seguida, instâncias autoritárias externas começam a dar rumo a suas derrapadas subjetivas. A primeira delas é o monumento em homenagem ao almirante Tegetthoff, um ídolo militar. A igreja na qual entra — que provavelmente seja a catedral de Santo Estêvão —, segundo diz, para não desprezar nenhum meio em momento tão decisivo, é outro lugar de estabilidade, que também propicia orientação, orientação religiosa. A angústia caça com todas as armas e o som do órgão chega a evocar — ironicamente — os sinos que acabam salvando o Fausto de Goethe do suicídio. E à igreja logo se segue o Burghof, com a guarda ordenada diante dele, e o imperador — orientação suprema, apesar de não mencionada — descansando em seus aposentos.

A novela é, assim, a paródia da última noite de um condenado. Ela mostra um personagem em seu momento mais decisivo, um ente ridículo, vá lá, mas um ente na soleira entre a vida e a morte. E é o momento decisivo que torna verossímil inclusive a recordação do passado, a revelação paulatina da identidade do tenente, e até o fato de este dizer que precisa olhar para o relógio a toda hora. A disparidade entre a sensação subjetiva e a "realidade objetiva" do tempo apenas fazem a verossimilhança aumentar; o momento decisivo é de crise. Assim, o tenente Gustl logo no início tem a impressão de já estar há três horas no concerto, quando na verdade o tempo decorrido é bem menor, e em dado momento lhe parece terem passado cem anos desde o episódio fatídico que o "obriga" ao suicídio.

Coincidentemente, também, o desejo de que um derrame vitime o dono da padaria é expressado por Gustl mais ou menos à mesma hora em que o fato realmente sucedeu. O criado anuncia que foi por volta da meia-noite e, várias páginas antes, o tenente Gustl pensara no fato um bom tempo depois de contar as onze badaladas do relógio e pouco antes de dizer que já ter passado da meia-noite. Em outra passagem, a pressa de um mundo em intensa transformação é revelada num detalhe que além disso mostra a perturbação e a paranoia do tenente: ele imagina que possa ler a notícia de seu suicídio no jornal antes mesmo de ter dado o tiro fatal. Narrativamente consciente, Gustl chega a dizer: "Mas é verdade, no fundo... Sempre me sinto como se quisesse contar uma história a mim mesmo..."

A questão do duelo

No Império Austro-Húngaro da época de Arthur Schnitzler apenas nobres, militares e acadêmicos tinham direito ao duelo. Operários, artesãos e pequenos negociantes — como o dono da padaria — estavam excluídos da possibilidade de tomar satisfações, daí a fúria do tenente Gustl, que não poderia, mesmo que quisesse, desafiar o padeiro que o ofendeu, que o desonrou, segundo seu ponto de vista.

Outra questão que o tenente Gustl comenta nas entrelinhas de sua digressão é bastante delicada. Em caso de ofensa, os oficiais inclusive podiam fazer uso do direito da "Legítima Defesa da Honra" e matar aquele que os ofendeu, caso este não tivesse direito ao duelo. Mas a sociedade já protestava veementemente contra a lei, ainda que todos os militares que acabaram por lançar mão do "direito" na época tenham sido anistiados pelo imperador austríaco. Por isso, também, Gustl se queixa de ser totalmente indefeso contra os civis os imbecivis, como ele os chama, e alega que eles chamam os oficiais de "assassinos de nascença" quando estes na verdade se limitam a fazer uso daquilo que era um direito garantido por lei.

Mais do que terem o direito de desafiar alguém ao duelo, aliás, os oficiais tinham a obrigação de aceitá-lo quando alguém os desafiava. Do contrário, perdiam sua patente. Só a partir de 1911 eles seriam liberados dessa obrigação, e só ainda mais tarde os duelos seriam proibidos, com exceção do duelo para vingar o adultério, que continuou vigorando ainda por um bom tempo.

Em sua visão "honrada" da questão, o tenente Gustl mostra como o duelo era, sim, uma instituição perfeita no mundo cheio de representações dos oficiais austríacos, uma prerrogativa de liberdade especial, uma máscara que substituía o embate direto com o inimigo, assim como as manobras militares fingiam a guerra, assim como as relações triviais tomavam o lugar do "verdadeiro" amor.

Uma visão "honrada" da qual civis, e sobretudo judeus, não comungavam, nem podiam comungar, segundo a acusação do tenente; e tudo é motivo para ofensa para o tenente Gustl, mormente quando o complexo de inferioridade passa a morder. Daí, aliás, sua fúria ao referir os voluntários civis, que, por serem mais instruídos, precisavam servir apenas um ano, em vez de três como os oficiais de carreira, quando se apresentavam voluntariamente. E depois desse único ano, os civis ainda podiam se tornar oficiais da reserva, com os mesmos direitos dos oficiais de carreira. Isso significava uma perda dolorosa de exclusividade social, agravada — segundo as tendências antissemitas de Gustl — pelo fato de inclusive muitos judeus conseguirem chegar à patente de oficiais da reserva.*

A experiência pessoal de Schnitzler e os dados da realidade

O próprio Arthur Schnitzler era um desses voluntários, e além disso judeu, que conseguiram a patente de oficial da reserva, contra os quais o tenente Gustl vocifera.

* Ver mais sobre a questão do duelo e suas implicações em obras como *Ehrenmänner. Das Duell in der bürgerlichen Gesellschaft*, de Ute Frevert (Munique, 1991) e *Österreichische Kultur- und Geistesgeschichte. Gesellschaft und Ideen im Donauraum, 1848 bis 1938*, de William M. Johnston (Viena, 1974).

Quer dizer, um caso claro de criatura se voltando contra o criador, um exemplo de personagem em primeira pessoa que nem de longe continua sendo representante da voz do escritor, portanto uma figura que exige que leiamos o livro contra sua visão de mundo. E, nesse sentido, uma figura primorosamente construída pelo autor, e ademais cercada de realidade por todos os lados.

As referências militares da novela são diretamente fundadas na vida real da Viena da época. O 44º regimento efetivamente existia, o 95º era realmente o Regimento de Infantaria da Galícia, assim como a caserna da cavalaria que Schnitzler conhecia de perto e por dentro também é perfeitamente identificável. O sotaque vienense e militar de Gustl ademais aumenta seu status de representante de qualquer oficial, ainda que a história tenha um fundamento pontual. Um caso semelhante ao de Gustl teria acontecido com um conhecido do escritor Felix Salten — um certo senhor Lasky* —, que o narrou a Schnitzler.

Mas os dados da realidade não param no âmbito militar.

No dia 4 de abril de 1900, noite em que principia a ação da novela — a quarta-feira da Semana Santa —, o Evangelischer Singverein realmente apresentou o oratório *Paulus. Oratorium nach Worten der Heiligen Schrift* de Felix Mendelssohn-Bartholdy no Musikvereinsaal, mais um lugar cheio de suntuosidade e tipicamente vienense referido na novela de Schnitzler.

---

* Ver *Nachlassmappe 117*. Citado por Bárbara Surowska: *Die Bewusstseinsstromtechnik im Erzählwerk Arthur Schnitzlers*. Varsóvia 1990, p. 157s.

Além disso, várias das personagens referidas são reais. A senhorita Walker é Edyth Walker, famosa cantora nova-iorquina de ópera. A senhorita Michalek (Margarete) também existiu e atuou na Ópera da Corte de Viena. Maretti é, provavelmente, uma referência oculta a Helene Odilon, uma das atrizes mais famosas de sua época, que Schnitzler — conforme chega a confessar em seus diários — considerava muito sedutora. E Jagendorfer foi um atleta e campeão de luta greco-romana bem conhecido nos anos em que a novela foi escrita. Até Wymetal parece ser — já que o sobrenome é relativamente raro — uma homenagem ao ator Wilhelm von Wymetal, que atuou em várias das peças escritas por Schnitzler.

Os lugares também são reais. O Singverein existia. O Grüner Tor é um restaurante ainda hoje ativo. A Sociedade de Jardinagem também existiu e foi um conhecido lugar de exposições e bailes. O Leidinger é o restaurante sofosticado do centro, no qual Schnitzler também gostava de ir. O Café Hochleitner é o único cuja origem real não pode ser identificada. (Ver mais detalhes a respeito dos lugares citados no Glossário.)

O cuidado de Schnitzler com o detalhe, que dá um sabor de realidade ainda maior à novela, é levado às últimas consequências. O oratório que o tenente Gustl vai ver é, conforme já foi dito, justamente de Mendelssohn, o neto do iluminista judeu Moses Mendelssohn, o que torna quase ridículas as ofensas de Gustl contra os judeus, sua surpresa com a imensa quantidade deles no espetáculo. A tacanhice dos antissemitas é cutucada diretamente, e numa novela publicada, lembremos, no especial natalino do jornal mais lido de Viena e um dos mais importantes, em que pese a oficialidade, da Europa da época.

Em dado momento, o racismo do tenente Gustl chega a acreditar que uma bela mulher ("tão loura, um perfil dos mais bonitos") não possa ser judia. O discurso nazista, cheio de cartazes com narizes aduncos, olhos aquilinos e perfis irregulares para caracterizar os judeus, é antecipado da maneira mais irônica. E mais: o concorrente de Gustl no amor de Steffi, além de judeu, é um oficial da reserva — quer dizer, um daqueles civis que precisou servir apenas um ano para alcançar a patente pela qual ele teve de se esfalfar tanto. A realidade da época borbulha vigorosa também nas entrelinhas da novela.

Em detalhes mínimos, como a escolha dos charutos mencionados, o cuidado de Schnitzler continua. O Virginia, por exemplo, é um charuto longo e fino com bocal de palha, e dá um caráter elegante a quem o fuma. O Britannika, que Gustl sente vontade de dar ao garçom que lhe faz a revelação salvadora da morte do dono da padaria, era mais barato do que o Trabucco, que o tenente pede para si, a fim de gozar o momento presente. Afinal de contas, "eu" sempre mereço algo melhor do que um simples garçom, com quem por ventura quero me mostrar condescendente.

As consequências na carne

Quando publicou *O tenente Gustl*, Arthur Schnitzler foi atacado duramente pelos jornais da direita. O véu da ficção era transparente demais, a literatura apontava feridas e revolvia antigas chagas. Sabedores de que Schnitzler era oficial da reserva, os jornais queriam provocá-lo a desafiar um dos autores das ofensas escritas a um duelo. Uma vez que Schnitzler se calou e não cumpriu a "obrigação" de desafiar alguém que o "desonrou", o criador do tenente Gustl foi acusado de macular a honra militar e prejudicar sua casta, perdendo por isso sua patente de oficial em 26 de abril de 1901. Um ano depois do espetáculo musical que levou seu personagem ao duelo, poucos meses despois da publicação da obra, o autor seria punido por sua ousadia.

Ou seja, as agressões e descalabros do tenente Gustl numa obra de arte são sancionadas pelo próprio comportamento dos militares na vida real, e eles também atacam Schnitzler com manifestações vulgares de antissemitismo e, por uma "questão de honra", acabam por lhe arrancar a patente de oficial da reserva. Sim, o caráter certeiro do diagnóstico do autor seria confirmado inclusive a posteriori pela conduta dos oficiais diante da própria obra na qual os acusa — cujas teses críticas são confirmadas uma a uma na reação dos atingidos diante dela.

Ao fim e ao cabo, o tenente Gustl é um representante desse embate entre o sentimento artificial de superioridade e a sensação concreta de inutilidade de quem não tem nem sequer uma guerra para provar seu valor, e não hesita em fugir banalmente para a brutalidade quando se sente ameaçado, em arrotar potência para esconder sua covardia, cobrindo-se com o entulho de mil argumentos forjados. E isso até mesmo quando o "momento decisivo" (o momento decisivo que justifica a espontaneidade bem estruturada da narrativa de Gustl) acaba dando em nada. Ao descobrir que o dono da padaria foi vítima de um derrame, o tenente Gustl decide imediatamente e sem tergiversar que foi liberado do suicídio, embora antes tenha assegurado que, mesmo se o padeiro fosse vítima do referido derrame, não conseguiria conviver com a vergonha de ter sido humilhado do jeito que foi.

Mas em que medida todo o indivíduo não adota estratégias semelhantes de sobrevivência no mundo administrado?

O tenente Gustl é, assim, um documento monumental da psicologia humana. E o personagem tenente Gustl — esse Gustavinho austríaco, Tavinho vienense diminuído até em seu apelido carinhoso e afetivo — é o tenente, o lugar-tenente não apenas do exército austro-húngaro, mas de todos os exércitos, e de todo o indivíduo dilacerado, de todo o "eu" desestruturado...

SOBRE O ORGANIZADOR E TRADUTOR

Marcelo Backes é escritor, professor, tradutor e crítico literário. Mestre em Literatura Brasileira pela Universidade Federal do Rio Grande do Sul, doutorou-se aos 30 anos em Germanística e Romanística pela Universidade de Freiburg, na Alemanha, uma das mais tradicionais e antigas da Europa, a mesma em que Heidegger foi reitor.

Natural do interior de Campina das Missões, na hinterlândia gaúcha, Backes supervisionou a edição das obras de Karl Marx e Friedrich Engels pela Boitempo Editorial e colabora com diversos jornais e revistas no Brasil inteiro. Backes já conferenciou nas Universidades de Viena, de Hamburgo e de Freiburg, em Berlim, Frankfurt e Leipzig, no Rio de Janeiro, em São Paulo, Fortaleza e Porto Alegre, entre outras cidades, debatendo temas das literaturas alemã e brasileira, da crítica literária e da tradução.

Backes é autor de *A arte do combate* (Boitempo Editorial, 2003) — uma espécie de história da literatura alemã focalizada na briga, no debate, no acinte e na sátira literária —, prefaciou e organizou mais de duas dezenas de livros e traduziu, na maior parte das vezes em edições comentadas, cerca de quinze clássicos alemães, entre eles obras de Goethe, Schiller, Heine, Marx, Kafka, Arthur Schnitzler e Bertolt Brecht; ultimamente, vem se ocupando também da literatura alemã contemporânea, e de autores como Ingo Schulze, Juli Zeh e Saša Stanišić, entre outros, que ele não apenas traduz, mas inclusive apresenta a editoras brasileiras, e depois prefacia e comenta em ensaios e aulas.

Entre 2003 e 2005, Marcelo Backes foi professor na Albert-Ludwigs-Universität em Freiburg, onde lecionou Teoria da Tradução e Literatura Brasileira. Sua tese de doutorado, sobre o poeta alemão Heinrich Heine (*Lazarus über sich selbst: Heinrich Heine als Essayist in Versen*) foi publicada em 2004, na Alemanha. Em 2006, Backes publicou *Estilhaços* (Editora Record), uma coletânea de aforismos e epigramas, sua terceira obra individual e sua primeira aventura no âmbito da ficção. Em 2007 publicou o romance *maisquememória* (Editora Record), no qual adentra livremente o terreno antigo da narrativa de viagens, renovando-a com um tom picaresco de recorte ácido e vezo contemporâneo; o romance teve os direitos comprados pela editora Mlada Fronta, da República Tcheca. Em 2010 a mesma Editora Record publicou seu romance *Três traidores e uns outros*, um romance em quatro episódios. Backes também já foi publicado na França (ensaio), na Alemanha (livro) e na Espanha (poema).

Desde 2010, organiza, para a editora Civilização Brasileira, a coleção de clássicos *fanfarrões, libertinas & outros heróis*. No mesmo ano de 2010, foi Translator in Residence da Academia Europeia de Tradutores, a representação diplomática da entidade, por três meses, e ganhou uma bolsa de escritor, também de três meses, da Akademie der Künste de Berlim, uma das casas mais importantes do mundo no gênero.

AS GRANDES OBRAS DE ARTHUR SCHNITZLER

VOLUMES JÁ PUBLICADOS:

***O caminho para a liberdade* (romance)** — A obra ficcional mais volumosa, mais ambiciosa e mais autobiográfica de Arthur Schnitzler. Um dos grandes romances alemães da era burguesa. Além de constituir um panorama muito bem delineado da sociedade vienense no *fin de siècle*, o romance discute questões fundamentais como o judaísmo, invade escandalosamente o âmbito privado de algumas grandes personalidades da época e mostra uma percepção absolutamente moderna do que significa a vida em sociedade.

***O médico das termas* (novela)** — Novela que disseca a alma e a vida do doutor Gräsler, um médico pouco disposto a firmar vínculos de qualquer natureza. Ele mantém com o mundo, a profissão, as mulheres e os amigos, apenas relações de caráter superficial, que não o comprometam, nem lhe tragam obrigações. Uma novela que não deixa de ser também um relato lúdico de um caso clínico, com todos seus ingredientes romanescos.

Uma juventude vienense **(autobiografia)** — Uma das autobiografias mais importantes de todos os tempos, que já assinala para a relevância que o gênero viria a adquirir várias décadas depois. Um documento central no sentido de compreender tanto uma época decisiva da história da humanidade quanto a vida de um dos maiores autores da língua alemã.

PRÓXIMOS VOLUMES:

A senhora Berta Garlan **(novela/romance)** — A história de uma professora de piano de 32 anos, viúva, que decide ir em busca de seu grande amor da juventude. Uma obra que mostra mais uma vez como Schnitzler era capaz de compreender a alma feminina e emancipar a mulher em meio a suas lutas e desilusões.

Morrer **(novela)** — A obra que marcou a estreia de Schnitzler na prosa, e ao mesmo tempo lhe consagrou um sucesso que só viria a aumentar com o tempo. Felix, um jovem vienense, conta de sua vida e de seu amor por Marie, enquanto ambos (vida e amor) vão aceitando seu destino inescapável, marcado já no título da obra.

Contos completos **(contos)** — Em um só volume, todos os contos de Schnitzler reunidos. A obra prova de forma indiscutível a lida magistral de um dos maiores mestres do século XX com temas essenciais como o amor e a morte no nocaute da narrativa breve.

Três mulheres trágicas **(novelas)** — Em três novelas (*A senhorita Else*, *A senhora Beate e seu filho* e *A mulher do juiz*) Schnitzler trabalha mais uma vez com as tragédias do cotidiano, ora grandes, ora ínfimas, sempre dolorosas. Assim como *O tenente Gustl*, a novela *A senhorita Else* é, mais uma vez, uma obra escrita toda ela na forma do monólogo interior, seguindo o fluxo da consciência desta vez de uma mulher extremamente complexa.

De Schnitzler leia também:

Crônica de uma vida de mulher **(romance)** — Publicado na coleção GRANDES TRADUÇÕES da Editora Record.

Este livro foi composto na tipologia Adobe Garamond Pro,
em corpo 11,5/15, impresso em papel off-white 90g/m²
no Sistema Cameron da Divisão Gráfica
da Distribuidora Record.